谢持日记未刊稿

第二册

◎谢持 著

广西师范大学出版社
GUANGXI NORMAL UNIVERSITY PRESS
·桂林·

目录

仁者不以盛衰改節義者不以存亡易心　夏侯令女

四月八日（乙卯年二月二十四日己巳）木曜日（卽星期四）

提要（交際）

晤源伯　赴雲南坂

治事八時始還寓

（通信）

緘當悳煥宋彬三郎信

（氣候）

小雨

（溫度）

一三.七〇
五.七〇二

成功之秘訣在始終不變其目的　畢困士脾特

四月九日（乙卯年二月二十五日庚午）　金曜日（即星期五）

提要

（交際） 游上野公園觀櫻花甚盛，游人擁擠，遇滄伯及子玉、鐵樵、錫九

（通信） 得叔癡、叔寶、殷英士、雅謀　廿三日、廿七號

（氣候） 陰

（溫度） 一七.五○　六二.○五

殷英士雅謀言事

叔癡硜硜於不負責任之辯，大抵午嵐事有以激之也

叔寶謂康有爲亦大非袁氏而言中日交涉早已解決，外間傳說不近想，當然耳

世凱欲私帝，思得有將名者勸進，而後即真，使人示意梁啓超，梁不聽，世凱遂欲殺梁，梁避居天津，今已使人促梁速來上海云云

四月十日（乙卯年二月二十六日辛未）　土曜日（即星期六）

提要（交際）

今日承開果栽梁起超將以九日之夜抵上海
赴雲南後　晚復行紹陳昉以莊入見紱謨而中山先生至高興時亦有忘其秘密之情
事如此將欲與我計臨蔣英士二人之事而亦欲同往以莊入日室是也
通一函將列五運樞運回四川情形而不計其家人　袁世凱將以五月朔自帝著
一自北京寄書言之合康有為之說而與吾人所探得者吻合也（叔實述）
晚歸得英士書欺仍無緒
腦不適晚特甚亟飲白沙糖水

（通信）

得叔實牋　來別莊　答
得英士梁梁牋　宿二郎

（氣候） 晴

（溫度） 一八·七〇　六五·六六

人無一定主義一見旗色即從之最可鄙者也　拿破崙第一

四月十一日（乙卯年二月二十七日壬申）日曜日（即星期日）

提要（交際）	通信	氣候	溫度
	發英士、應時（右）		〇六、八〇
	發叔癡（忠列字列十八号）		四四、二四
	發錫那及熊羅		
	得、		

今晨梁谷赴中日交涉/袁世凱早有成竹四月廿日必全體解決之說又見於東閣皆將帝之蛛絲馬跡也

赴靈南坂　中山寓救霞英士誠

本欲詳覆叔癡諸公而倥倥無暇不能不先言其略蓋已十日不寄書也

過陳晴軒（策、照柏文蔚也）吳禮卿亦在座所言皆以調和一致為希望而文蔚則謂今尚非其時吾人皆留有餘地以待異日惟陳炯明立於絕對不相容而李烈鈞次之耳　陳晴軒以方聲濤宅心亦主調和告我十一時別歸

腦內部之病竟日不作白糖水愈之耶

勿以惡小而爲之勿以善小而不爲 淮南子

四月十二日（乙卯年二月二十八日癸酉） 月曜日（即星期一）

提要（交際）

以家計籌將予春叔之珠價亦已甚矣遲遲緩一月

公債券應辦之事頗繁今日與仲愷議也

氣候朝尚寒未午而忽熱食頃微雨而午后尤燥最惡之氣候也

中日交涉將解決袁世凱將稱帝吾黨對於事務所當特別警戒今日於要緊函片付之一炬也

（通信）

得英士成粵七日發

（氣候）

食 晴小雨 雨后晴

（溫度）

一七〇〇
六二六〇

簡言擇交可以無悔吝可以免憂辱　李邦獻

四月十三日（乙卯年二月二十九日甲戌）　火曜日（即星期二）

提要（交際）

過滬伯公債券無辦法也

大塚事件惟日直可謂絕望矣提筆悵然不審英士得之作若何也

（通信）

寄英士伋

得哲謀書

（氣候）晴

（溫度）二四、二〇　七五、五六

四月十四日（乙卯年三月初一日乙亥）　水曜日（即星期三）

提要（交際）

赴雲南坡

人々困於生活錢惟日不給矣

龐工來收各欵期以次日

（通信）

（氣候）陰

（溫度）一三七〇　五四八六

輕諾者必寡信與其不信不如勿諾　中涵光

四月十五日（乙卯年三月初二日丙子）　木曜日（即星期四）

提要（交際）

通信

得叔賓牋（十日發，未列號）、四弟大女書（三月廿九日）

得英士牋（十日，第四號）

寄四弟書

寄叔巖、叔賓牋（未列號）

氣候　陰

溫度　一四·六〇　五八·二八

叔賓書未內附吾弟及大女兩書，吾方任鐵見同日而發兩家書，頗詫怪之，細檢封面，則一為四弟，一為大女，心遂震動，度必家庭不睦，故叔姪異緘，披而覽之，果然也。吾女所擧兩事，一其姊無錢應不時之用，而以五叔新年所費為比例；一四叔不聽那撥其讀也。此四弟不善處家庭之過，然看費去於廢讀，則輕重失宜矣。遂嚴牋促之，期以得牋到日辭人。

英士猶待某君之款，以為繼行。嗟夫，革命之難也，安知彼人已以無坐謝我耶。

訪水野和尚，遂留飲。

亮工召飲，以事未往，其往者聞頗樂云。

在我既實見以爲是即當置毀譽於度外　畢達哥拉斯

四月十六日（乙卯年三月初三日丁丑）　金曜日（即星期五）

提要（交際）	通信	氣候	溫度
	寄四弟大女裕商公啟 掛號 寄宋公姑啟 寄英士啟 掛號寄書略一冊	陰	一八.六〇 六五.四八

以裕商公當略有所入屬四弟購新股又指定以同昌棧二百千錢備七妹廣智姊妹學費

不得雪塵書五月失三函無覆必有他故特煩宋公姑探之

庖工葛龐豹而强來

能守法律則法律保護之　法律全書

提要

（交際）

（通信）

發英士、應府
發叔凝、叔寅（未列号）
得叔凝（不列号，十日）、後生八日發

（氣候）陰　夜雨

（溫度）二〇　二〇　六八、三六

訪雲南坂　季陶倡吾國宜造代音之字，舉日本之「カナ」為例，源伯與辯，蓋吾國文字改良固至要，而舉而棄之則不可也

安徽高亞東之妻迫於逮捕，獨身來海外與其夫聚，略能識字，便足縱橫自如，學之不可已也如是

昨日發英士，有隨堵遜再發之　撰謀有取銷丁明清同令之議，期之以為不可，未審撰謀得吾發為何如也

夜遊增上寺，來照（德川家康三百年忌日之祭日也）日人崇拜先丑如此，吾國人對之有遜色矣

後生規我曰「高野英一君既去，我公凡百猶當節勞，概作置之，固為未可，而察察為明，又難免僨識者之忌嫉，宜取態度於半癡半聾可也」不肖當識之勿忘

四月十七日（乙卯年三月初四日戊寅）　土曜日（即星期六）

四月十八日（乙卯年三月初五日己卯）　日曜日（即星期日）

提要（交際）

偕鑫而強赴寓南坂

讀李陵寄蘇武書

（通信）

發哲謀及王孝甫
得哲謀書

（氣候）陰　夜雨

（溫度）五九、五〇　四九、一〇

覺人之詐而不說破待其自愧可也　申涵光

四月十九日（乙卯年三月初六日庚辰）　月曜日（即星期一）

提要

（交際）

（通信）

得燕生十四日　叔瀛叔實十三日　不列子成

得四弟箴三月廿三日　食二月廿七日

（氣候）（溫度）

母親於三月廿二日尚客居母弟李翰章家，堂上康強，此子之幸。家中得列五汗青遇害之消息，吾母而下皆戒我勿還也。

陳步三已破崇慶州至郫縣

四月二十日（乙卯年三月初七日辛巳）　火曜日（即星期二）

提要	
（交際）	
（通信）	得叔師函（舊曆二月晦日） 發英士
（氣候）	陰雨
（溫度）	一五四〇 五九七〇

松坡訛自妖

川人今日開會推均三為支部長

何仲良武夫而深無理無賴殊可惡也

雲樓感觸身世又哭吾約之退我一諱十一時始辭去

居身務期質樸　訓子要有義方　朱柏廬

提要（交際）

陳策祁映霖来　赴雲南坂

二宋来中山遂入古人慢贊之議不能免也革命者与爭衡不同不能殆矣

夜過廣唐

（通信）

得英士箴 十七日第六號

（氣候）	（溫度）
陰雨	一一、四〇 五三、五二

四月二十一日（乙卯年三月初八日壬午 午正穀雨）水曜日（即星期三）

自由者以不侵犯他人之自由爲界 黑智兒

四月二十二日（乙卯年三月初九日癸未） 木曜日（即星期四）

提要（交際）

（通信） 致子春俊生

（氣候）陰 （溫度）一八—〇 六四五八

子春俊生之書十九日作成意有所待遂遲至今日始付郵人

明佑尊來訪 觀其人似有作為者也

赴靈南坂織件一大束中山微病遂匆匆出矣

小說俠人不倦幾擱置百事而瀏覽之

鐵椎來殷殷慨然於進退之皆屬我為謀歸國之費吾將從何而得之雖然鐵椎又從何能得之也余盡慈多已命不易為矣

會多失於踏蹤撤伊拉士

提要（交際）

列五之柩已到上海擬殯蜀商公所鄉容墓之近傍待大事成时再迎柩還

里汙肯身後可庭思以法使其無子而有子使其妻無家而有家叔癡傷心

言之吾心吞聲而讀之也

陳步三渠得鎗城而敗由天全逃出如此則事或不濟耶

劉本露不滿於群謀以告英士并戕劉本和解之

曾廣燁書以夜半十二時後四十分交到詞旨躁而不明事理也

（通信）

得叔貧叔癡胞十七日第一號

得周哲謀胞二十日十九日二號

得曾廣燁胞兵三月七日

發英士劉本

（氣候） 冷寒

（溫度） 一〇〇〇 四〇〇〇

四月二十三日（乙卯年三月初十日甲申）　金曜日（即星期五）

無忽久安無憚初難　呂近溪

四月二十四日（乙卯年三月十一日乙酉）　土曜日（即星期六）

提要（交際）

季陶以英士函付我渠久居[illegible]國所持寄者也

（通信）

得英士函（天仇先來滬代[illegible]七[illegible]）

得叔寅函[illegible]

（氣候）（溫度）

可憐之人皆不自憐之人故爲無人所憐　高深甫

四月二十五日（乙卯年三月十二日丙戌）

日曜日（即星期日）

提要

（交際）

（通信）

得叔輿啟 舍三月七日 蔣二啟

得子春啟 二十日

得叔實啟 孝懋交來

（氣候）（溫度）

孝懋自上海來已不識矣延之新橋不得歸而過之途遂以叔實服授我

赴雲南坂灼三來遂偕孝懋赴滄伯處

晚子玉夜送孝懋還寓

得自由之後非經過若干歲月則不知自由之道　馬可黎

四月二十六日（乙卯年三月十三日丁亥）　月曜日（即星期一）

提要（交際）

米祈三報告曾廣焯爲偵探而于化清亦僞爲自首此中情僞如何惟置之勿論可已

赴靈南坂　晤曾廣焯大斥何海鳴輩以儆之論事亦詞厲也

滄伯來被譯

夜倦早寢

通信

得四弟牋　得米祈三（四月十九日）

牋英士

寄曾廣焯牋

（氣候）（溫度）

寒煖無失適饑飽無失平　董仲舒

四月二十七日（乙卯年三月十四日戊子）

火曜日（即星期二）

提要（交際）	今日與王孝縝切實商議一切見道往事
（通信）	
（氣候）	小雨
（溫度）	

勿以阻礙撓初志　細士比尼

四月二十八日（乙卯年三月十五日己丑）　水曜日（即星期三）

提要
（交際）
（通信）

（氣候）	（溫度）
大雨	

有字之法律木於無字之法律無字法律公理是也　米拉的

四月二十九日（乙卯年三月十六日庚寅）木曜日（即星期四）

提要

（交際）

曾子玉王孝縝還國還之東京驛午后三時許也

孝縝當速返山西既介紹之見孫先生復嚴叔實速籌路費也

鐵樵極窘而窘者且不止鐵樵奈何

（通信）

嚴叔實 不列号

嚴英士

（氣候）	（温度）
初陰	二三、九〇 七五、〇二

四月三十日（乙卯年三月十七日辛卯）金曜日（即星期五）

提要（交際）

公理報之訴訟猶未息今日期以十時會雲南坂至午后步行到辯護士家滿頭大汗也以純來我已外出遂游芝公園待一時後來乃相見略譚我又外出匆匆不盡禮殊歉歉也為我備廿五元不啻甘露自天而降

黨中自三月不得一錢今日四月之晦日也索錢者屬集而議論尤不中聽者自朝即擬人把我扁真難為情革命不易言也

景梁歸自上海

張百麟前上中山先生書有云以利合者利盡則散今日情形頗令人味斯言也

（通信）

得周哲謀牋

（氣候）	（溫度）
晴	二〇.〇〇 六八.〇〇

己所不欲勿施於人者自由之界限也　法革命黨宣言書

五月一日（乙卯年三月十八日壬辰）　土曜日（即星期六）

提要

（交際）

（通信）

得叔凝、叔實成 四月廿四日 三別

（氣候）	（溫度）
陰 夜雨	一八八〇 六五八四

芾煌既受撫，曉滄伯事當之，資錢告匱，絶無滬友有籌畫，不能點矣

步三遇害確矣。陳宧已到萬縣，伍朝楨已抵成都，四川從此棘手

劉天同班鱗書，懷賊而恕其情，誠急獨不明事理矣。如此人者，僅以之破壞或差可，至國家大計，吾竊慮之

景渠來譚　夜雨

叔凝以列五眉語見寄，讀之泣下。烏乎，列五沂青死而有知，當助我殺賊

子弟當年父母師長嚴者多賢寬者多不肖　張楊園

五月二日（乙卯年三月十九日癸巳）日曜日（即星期日）

提要（交際）	通信	氣候	溫度
	殷叔凝叔只廿九		一二〇　五三、九六

午后長殷偕上海啟悦錫卿遊泥城月兩午嵐始行坐視陳步三之敗爾猶欲赴之

又規叔實之過於心熱處不爲審事理如來殷謂吾能聽我言書既洩乃大虛耶

度之頗不受余言

祁醒唐陳精軒來匯於館夜雨釋陳鍚麒本日功夫

食美者念非親 說苑

五月三日（乙卯年三月二十日甲午）　月曜日（即星期一）

提要（交際）

雪壓兄病稍愈三月來書竟未達也

叔實不信李雨霖之責梁宗漢午嵐由滇匯京五百金當其行也虧列五時金以足其路用

非不知上海之窮也叔實責其無心肝誠不足怪然吾獨怪遣之者之不審也

童慎如竟面加謂色於叔瀛所重者謂厚小圃體而薄於其家叔瀛與叔主持者攫別金錢而中華

命而已用小圃體之錢乃日厚耶人有私心遂不明事理如此

備治伯灼三雲慶赴西大以保周如祉家計畫西南大事滇人鄉難說大局也決議次日合

川滇黔三省人往見中山與議者十二人

（通信）

得叔實牋（廿七日四號）英士牋（廿八號）

得雪壓書（四月十一日）

得王孝簡牋

（氣候）（溫度）

宗族親戚賢者愛而敬之否者無失其親　張楊園

五月四日（乙卯年三月二十一日乙未）火曜日（即星期二）

提要（交際）

中山利用械仓之拼法与我抗日同欲自滇黔拟之兴疑為我左右中山也事凑巧如此

（通信）

得英士書　別字我弟　三月廿七日

得田兄書　卅日

（氣候）	（溫度）
	二〇·一〇 六八·一八

鐵樵朝來無錢以度朝夕我亦無法給灼三謂鐵樵之婦有珠花值數百元而不以質錢惟日索於我何耶我本向鄧只純假卅元以備添用後何措償尚未能自如今鐵樵果若此眞殊逸於人情覺不予也　田兄困於法將奈何三月發書已無一錢也

英士已移家室英法領事皆雄知其已到上海乞欸欲頂不能而進行仍滯故至江浙數破機關殺人無算即英士亦不能秘其居處吾知事必敗矣蓋革命運動當一鼓成之久則變生也

借滇黔代表見中山計西南事請款十萬安能得之救千行路之資且不能定於何日有也　破釜沉舟禍[illegible]殃異非革諸陳中孚或能行此

中日交涉日人非全部承認不已今日已開元老會議持對最後通牒於我以吾國瑞与見非威嚇而我認寧戰不幸而敗而後承認之猶識加辱也袁賊果能以國戰耶

重資財薄父母不成人子　朱柏廬

提要（交際）

日本内閣不調元老與閣臣不相協也

（通信）

殷英士

（氣候）一九三〇

（温度）六六七四

五月五日（乙卯年三月二十一日丙申）水曜日（即星期三）

作官一事不可苟　薛德溫

五月六日（乙卯年三月二十三日丁酉立夏）木曜日（即星期四）

提要（交際）

偕中山滄伯漢民覺生仲愷梓琴赴橫濱
以無錢匪法國爲德據北同學中通假或索諸通假者
吉甫念列五之死主張不使瑞書還國擬與真如節儉學費年助六百佛郎現已匯去二百
然以計畫之責望諸我嗟嗟故人於此見生死難忘也
午嵐乃從處河內而兩書索款望我促錫卿頗可異也
日本元老及閣臣今日始見一致遂開御前會議決發最後通牒於我

（通信）

寄田兒書　昨日作　東京
得楊吉甫書　四月九號　美國
得午嵐兩書　四月廿號　河內

（氣候） 晴

（溫度） 二二、九〇　七三、二二

社會第一要著在脫野蠻之自由　亞里士多德

五月七日（乙卯年三月二十四日戊戌）金曜日（即星期五）

提要

（交際）

（通信）

（氣候）（温度）

今日日本以最後通牒交於我國限四十八時間以無條件全部承認要求於我

即限至九日午后六時止不承認則戰也國人皆皇皇謀速歸

赴神田訪著善述

五月八日（乙卯年三月二十五日己亥）　土曜日（即星期六）

提要（交際）

得景梁神戶發之電

（通信）

得叔癡叔實一日發第五號

得四弟兩書（一念一凡十四日一念二月十九日）及廣

著京（見五年舊十二月八日）令補寄新玉芬案

得田兒京三月三日發　得碧廣坤發四日

（溫度）（氣候）

近日一禮拜以來吾黨同志困於資斧受辱於館主者不一見矣甚至控告於警察當謀所以安輯之蓋革命而敗誠有不堪言者也

往者見大女書頗發怨言總不外四弟省所不當省之故今日四弟來書則大女已形諸語言矣是實可歎惜此書（舊一月十四日發）擱置上海不使我早得也然去年家用竟達七百餘串迥殊從前亦駭人矣其一書則由溫江來也

叔癡道上海困狀令人太息叔實道宗社黨事頗詳已易名全國徵兵研究會云

夜不能寐同居趙瓘卿與其日婦離緣

天下事不進則退　英錢

五月九日（乙卯年三月二十六日庚子）

日曜日（即星期日）

提要	
（交際）	函滬伯鐵樵
（通信）	
（氣候）	陰
（溫度）	一七、〇〇 六二、六〇

以昨夜不寐頗倦也

函與滬伯互譯而歸外亞吾國現政府竟全部承認日本之全部要求以今日午前一時（閱昨夜）由陸徵祥齎正式回答書送交日置益公使烏乎中國從此益不振矣

國人夢夢而一任袁世凱之賣國反欲為之後盾竟使有是交涉之發生其有是結果固不待蓍龜也安得撲殺此獠

赴霊南坂

五月十日（乙卯年三月二十七日辛丑）　月曜日（即星期一）

提要

（交際）

（通信）　寄英士招謀上海商戰

（氣候）（溫度）

非請波皖人來請撥濟，頗為不理之言，以其軍人而性質穎特，優容之。

赴望南坡，見英士來電，北京商會昨日通電上海商會，徵求帝袁之意見，八日之夜九日之初，方為貴國之承諾，甫黎明而稱帝之意見即表見於商會，嗚乎袁世凱尚有人心哉，抑將自斃耳。　新聞揭載袁世凱授陸徵祥上卿、曹汝霖中卿以酬庸之，且大開宴會，頗得意於交涉結果。又見特載上海新聞上海道尹揭示，謂交涉未損主權，嗟欲掩天下人耳目以自欺者欺人耶。條文具在，損失主權與否，安可誣也。

致英士以美款不能盡匯之哀告之。

那時家字醒塵，建甯人，距我民屯約百餘里而家焉，勇銳而強毅，今日還閩，將有所謀，贈以四言曰智勇沉毅，勖之以儆其不沈也。

眞實者寡言虛僞者多辨　德諛

五月十一日（乙卯年三月二十八日壬寅）　火曜日（即星期二）

提要	
（交際）	
（通信）	
（氣候）	（溫度）

日來頗生氣黨德直可謂無之居寄宿舍者如敖而劉大同輩又若此雖欲圖國家之圭
非此輩所能擔任可斷言也亦但圖消去目前煩惱蓋事實上非了結不可
耳
级秋譚及黨生爭接濟黨員之事欲攬由黨務部辦理甚居心所在不可知
也中山事事付之總部矣怪英士之不容於彼裡人亂合且及於我矣
此命異邦而視若權利逐鼓之場吁可慨矣

要與世間撐持事業須先立定脚跟　姚舜牧

五月十二日（乙卯年三月二十九日癸卯）　水曜日（即星期三）

提要（交際）

日來頗疲瘵無可為事黨員生活維持費自今日截止恐叛者眾矣

作書無暇收拾行李無暇此行大事之計畫若亦無之也

（通信）

（氣候）（溫度）

保生者寡欲　保身者避名　林和靖

五月十三日（乙卯年三月三十日甲辰）　木曜日（即星期四）

提要	
（交際）	
（通信）	得叔癡叔實牋八日　六弓內附通一公 得青三慶雨牋八日 得善述牋
（氣候）	（溫度）

蔣麗未後所蒼總不覺泣下吾心傷無可以解渠若也

黨員代表十餘人請改良黨務　何仲良來事務所請費不得則暴毆罵

物不得已呼警察制止之　以中國人受文廟若革命黨竟敢為是雖台警

察而心滋痛矣

責三託叔向佩年假款　紹尊叔實病皆痊　列子之墓將成諸式齋及其

其姪張仲瑤以五月七日還川當抵家時列五夫人及一家之痛若何也郎子

範遠侯君收汗青骨危於鄉人之攀指故借一與商姑南還待後日也

龔維周持隨園以諮伯及我名義贈之二十金渠謂怨我者衆也

涵養持守之久臨事愈益精明　朱晦庵

五月十四日（乙卯年四月初一日乙巳）　金曜日（即星期五）

提要（交際）

（通信）寄叔癡叔寅牋 廿二號

（氣候）（温度）

許啟帷寅兩公宋社黨易名全國徵兵研究會表明志在推袁非欲復滿清之舊吾與中山商可與携手作去枚霞書言之但總統一席讓黨口言公舉吾意其志在恭王前車覆矣是不宜再有此圖國家之寧帖此等大廢斷乎不可苟　又屬調查康有為梁啟超一派實力

一生之計惟在於勤　梁國夫人朱若昭

提要

(交際)

(通信)

得梧謀書　十日

[illegible]

殷英士梧謀

(氣候)　(溫度)

赴橫濱美領事館公理報訴訟吾人所恨盡於今日盡矣先是公理報揭袁世凱罪於報端吾國駐小呂宋領事以誣蔑控公理報於美之法廷公理報求證人自中山以下致我暨滄伯皆與原被兩造律師皆作爲問屬證者按條答之證人凡六中山漢民梓琴覺生及滄伯與我也我及梓琴覺生漢民不能英語仲愷通譯皆宣誓簽名

中山退居正田桐稍形淡漠兩人頗有怨望之色也

善化以周太師母事略見寄讀之心惻益香草師屬善化轉寄我也

五月十五日(乙卯年四月初二日丙午)　土曜日(即星期六)

圖大者當謀於微　朱晦庵

五月十六日（乙卯年四月初三日丁未）　日曜日（即星期日）

提要（交際）

迎滌伯岳姻慮大事之發端也

大女來稟家庭鮮雍睦之氣矣四弟不能辭咎

叔旐詳規滌伯及余之行止

述到五兒事告吉甫真如訂本六百佛郎之說而不足者尚九百佛郎前煩叔

旐轉商公度諸友當有成也

（通信）

得叔旐叔衡函 十二日 七號

得大女京四月廿日仲言書 四月廿一日

得宋卅三號 十三日

復楊吉甫美洲

（氣候）

（溫度）

雨惜相權己輕　春示　斯賀寒

五月十七日（乙卯年四月初四日戊申）　月曜日（即星期一）

提要

（交際）

遇吳三以芝軒來東京客其家也芝軒頗有心追溯當年辦理全省團練事敘問之心

槐蓀未能積極進行也今列五死矣

日晏晤英士於倉本而快々矣

遇善述

錫子來書索三千元樊弟送來而我不在也

（通信）

陳英士附寄使券

得錫卿書

（氣候）

（溫度）

五月十八日（乙卯年四月初五日己酉） 火曜日（即星期二）

（提要）

（交際）
晤英士

（通信）
晚午山來函 得英士書（十三日）
寄四弟、大女及仲言書
得叔撫叔循書（十五日八号）
得芬恕書 離上海時發

（氣候）（溫度）

勉四弟致力家庭和睦之事，戒大女寬解其母。

秋士遷來同居。英士竟有外婦挈子矣，攻者四起，特為英士秘之。

路程皆書於美，今日始知之。

又張海濤蕭美成事晤英士。

上海日領事竟使人促英士之日本，謂留滬為破壞東亞之和平，可恨哉。

和以處衆 恕以待人 李邦獻

五月十九日（乙卯年四月初六日庚戌） 水曜日（即星期三）

提要

（交際）

（通信）

得母叙稟書

復宋掞三牋

（氣候） 小雨

（溫度） 中

赴靈南坂

約三芝軒來譚 微露蜀事 別有所主 未盡而別

晚還 疲極早寢

晚人高亞東偕譚惟洋來索維持款 而詞不遜 斥之 退而悔焉 對此輩

何必爾耶 氣不能養也

五月二十日（乙卯年四月初七日辛亥）　木曜日（即星期四）

提要
（交際）
（通信）
（氣候）（溫度）

晤滄伯長談半日又過鐵樵

雲樵閱諸為三謂錫卿經營川事年餘而功不著有人欲張出任軍事並軒亦謂錫卿隨便特甚故人人誠輕責任心而不肯前進着急將約我過滄伯商之報察昨日為三辭氣亦正候過滄伯也滄伯決不顧一切以促錫卿深入內地為最要云

許利生對於錫卿破口肆罵而毋敢橫目叔實錫卿沮其刺陳宦亦曰若輩〻〻也

成功與否不可必也而自不加責徒怨人者其屬氣之餒如此可歎

以錫卿諸缺之函付中山觀之并述滄伯及我之計畫而中山則甚動但不能發難或任其難而無把握則有[redacted]勿予之狀也

勇猛剛強者戒太燥仁愛温良者戒無斷　金樓子

五月二十一日（乙卯年四月初八日壬子）　金曜日（即星期五）

提要

（交際）

朝過滄伯言錫卿事決促錫卿前進

自滄伯家還發長牋錫卿應行之理由及怨議之叢集與款之關係皆言之矣

覆癡公曰我與滄之行止待本部大宗款到乃為最後決戰不復定也

屬叔實規責之推岑為首之議

夜尚能睡非夜夢遺而盡又勞頓故頗疲耳

中山屬覆英士曰住法界日領事無如我何吾黨弊矣日本亦無如吾黨何

已與法政府交涉上海法界不致意外第一款不集而居住不穩者惟走

南洋若日本則斷乎不能來也

（通信）

牋叔癡叔實　廿三號

時牋錫卿

牋英士楚謀

牋佩年

（氣候）陰微寒

（温度）

不能制己不能自由　畢達哥拉斯

五月二十二日（乙卯年四月初九日癸丑小滿午正）　土曜日（即星期六）

提要（交際）

（通信）
得叔寶書十八日九號（諾息廿）
得雪黌書六日
得午嵐書攸青三
寄叔寶品錫雪黌書

（氣候）（溫度）
陰　微寒

叔寶擬於上海設交通機關聯結友黨之感情以為將來化合之地中山亦請從速

俊之錫卿請款非夜渡伯蘇諧中山皆較我為甚僅得電上海查款有無

之辦法苟無用錫仍不可得也

雪黌欲收集儲金付渠幺姑來居上海而彼商於我因沮止之

午嵐來書猶作言機不可失而步三已授命矣抉千五百元以行遂將告

罄而請二千之款其不足與有為如是錫卿當時猶助之行者直不

識人也

夜九時青島來電尤超凡等五十餘人被逮非日本水上憲兵遂俘級秋

往謁中山屬我持電尋王統辦理

一有分矜張便有一分挫折　胡氏弟子箴言

五月二十三日（乙卯年四月初十日甲寅）　日曜日（即星期日）

提要（交際）

朝冒雨尋王統王統尚高卧而緩我以病因要事不可謝乃見我傷寒病狀擁被不起吾就床而与之言吾所居者爲大事也焉爭華屋甚安慢見長者黨人竟若是耶

雨倦午猶眠

（通信）

殷四多

（氣候）

雨微寒

（溫度）

五月二十四日（乙卯年四月十一日乙卯）　月曜日（即星期一）

提要（交際）

（通信）殷煥卿　殷俊生子春

（氣候）陰雨　（溫度）

青島同人數不至引渡

今日借滬興中山為四川請願已成行矣計忽中變覺非滬來稱武漢有

三千元使辦事之故也

朝迎滬伯半日功夫所得之結果大概如此推視武漢成事耳

收斂此心緊束此身　胡清甫

五月二十五日（乙卯年四月十二日丙辰）　火曜日（即星期二）

提要

以提川款而事於鄂之原委為叔實詳告之，丁寧二千金用途也

（交際）

啟英士且與言如將大款匯略劃若干以事吾蜀

覺生頗引提款事鄂為歉，此事叔可化其忮心而屈其氣也

（通信）

啟叔濂叔實 廿五號

啟英士

（氣候）　雨

（溫度）　冷

五月二十六日（乙卯年四月十三日丁巳）　水曜日（即星期三）

提要（交際）

叔實詳述與懷卿相商之情形，果推赤心，若何不可之有哉。

叔實持家書二函，四弟持裕商公館告寄我五弟因吾婦及大女表見不能遂言之年結婚時一切用度皆自負責任，吾家不能可以見欠，吾婦雖性既隨生長鄉曲，而我大半在外，不能使其識禮明事，亦之過也。處者竟敢通緘商店，沮止四第五弟用錢，吾婦之悍然不顧，爲何如也。

赴靈南坂。晚遊淺草公園，觀魔術。歸時汲中，歸如電車旅行十二時抵寓而寐

書友書陳宋頑也

與谷伯商擬集芳軒均三言事

（通信）

與姊來牋　寄英士揆牋

得叔凝叔實牋廿一日　十弟牋（第九）

得四弟書四月廿日　我邸

得五弟七妹書　舊曆三月十二日

（氣候）

甚熱

（溫度）

五月二十七日（乙卯年四月十四日戊午）木曜日（即星期四）

人之所以異禽獸者以其有仁義也　鄭義宗妻盧氏

（交際）提要

家書自去年冬季即由上海轉而往之遲滯今直寄日本頗速也　稻商公不增服矣四弟來書催賠三股之額而已　仲執已由渝還家東璋始料理吾家事

既滄伯始知虎工當起謀還蜀吾初疑焉果決志者當五成之後生未成所謀或有成云　貴三寄滄伯函窮矣而有界限也

陳炯明覆英士書頗有抨擊然多批要之詳

（通信）

得四弟書（卯五月廿六日家中第一　直寄日本）

得後生書（十八日）

（氣候）

（溫度）

聲色者敗德之具 李邦獻

五月二十八日（乙卯年四月十五日己未）　金曜日（即星期五）

提要（交際）	
通信（寄英士書）	滄伯來言庞工謀還國將欲有所圖理宜略助吾頗疑其徒言而不能行也姑商於中山
氣候（溫度）	

五月二十九日（乙卯年四月十六日庚申）　土曜日（即星期六）

論大計者不可惜小費　劉安

提要（交際）

慰勉四弟而飭戒虔緒

赴靈南坂

貴三迫北境頻年騷特函叔凝寄以五十元

（通信）

寄四弟書

寄叔凝叔寶書 廿六号

（氣候）　**（溫度）**

愛自由者人之天性也然往往過度而陷於放逸　斯賓塞

五月三十日（乙卯年四月十七日辛酉）

日曜日（即星期日）

提要（交際）	通信	氣候	溫度
過幼田託以兩事瑞書每年學費須暇培甫指定的款而總堪需款不然不寄以數十金計法幣百佛郎耳	得叔凝叔寶書 廿二日 十一号 沢十號		

中山以上海電及香港織出示川款兩千元已付錫卿而粵不難有事　中山以交涉故致書美國總統

張肇基託義漢中

合天下之私以成天下之公　顧亭林

五月三十一日（乙卯年四月十八日壬戌）　月曜日（即星期一）

提要（交際）

朝赴湜伯家與芝軒灼三頗議論四川軍事擬相與為明白之談話特治酒召芝軒灼三雲樵而倩湜伯之僕治饌乃勞其夫人殊不安也　芝軒灼三未遑遂不能計事

漢中道尹程克同盟會員也而黨於袁遂殺張肇基

（通信）

寄吳玉哲謀書

（氣候）

（溫度）

六月一日（乙卯年四月十九日癸亥）火曜日（即星期二）

提要（交際）

德堪來稟列王先生之死法已知之林伯儒計還國也

日本政府竟欲允袁氏之求捕黨人而交之遂電吳佐洲孫桂林尹錫五速離青島

（通信）

得四勿書

得田兄明行　五月二日

得王孝甫書

（氣候）　雨

（溫度）

導諛之言不可聽　至公之論不可忽　真德秀

六月二日（乙卯年四月二十日甲子）　水曜日（即星期三）

提要（交際）

通信）
復英士牋一寄我（五月廿八日）
得叔凝叔實牋第十二号（五月二十九日發）十三号

氣候　温度

經剛不誠果然則可嘆也叔實紹禹精神上不能洽惬何耶責三甫未書託商佩年請款吾未即撥先於癡實假中道意我知佩年無錢而叙言之初頗以為難也而責三乃大憤大半境之為之北京數百元實未去諸懷也當設法慰之然寄渠之緘與金恐又逢彼之怒矣交道之難如此

因責三而念及鐵樵五月將盡鐵樵又言錢於我往日之言概忘之耶歎甚歸西渠必留此而仍責諸我我無以應然何不恕我哉別有告渠者曰錫卿一萬吾與滄留四千也

英士長牋畢備百事而卒困於錢

六月三日（乙卯年四月二十一日乙丑）木曜日（即星期四）

（提要）	（交際）
（通信）	寄叔疑叔寅牒廿七號 寄英士拓碑及楊益避書 得錫卿書並指此復之 得午嵐兩書 一五月十八日 一五月廿一日
（氣候）	晴
（溫度）	

作跋外無事矣

湄伯特送錫卿跋來商而慨然刪節帆乃有銳氣而無減也

午嵐一書索二千金一書痛詆錫卿而不自知其所任者所為多甚矣不可有躁氣也

兼聽則明　偏聽則闇　魏徵

六月四日（乙卯年四月二十二日丙寅）金曜日（即星期五）

提要（交際）
竹石來

（通信）
濟午嵐書
致王芸甫

（氣候）

（溫度）
七四、○七

午嵐四人挾十三百元進西安南而止將甫兩月即罄且無理詆人拗今日已不能補列要非指為書敷衍之如其所自負者而止

不辱其身不遗其親　明仁孝文皇后

六月五日（乙卯年四月二十三日丁卯）土曜日（即星期六）

提要（交際）
赴滬伯商錫卿事也
以運南攻略言四川近日人情之變
以瑞書留伯如歸之計告田兒且欲其勿貪多勿分心於不急之書告以百浜郎之匪法

通信
得竹航書 五月十七日
得叔貧書 六月一日
寄田兒書 十三號 談十二號
寄浜士成 啟曾居焯

氣候	溫度
	七六、〇四

不能制己而欲制人愚也　拉伯沙

六月六日（乙卯年四月二十四日戊辰）　日曜日（即星期日）

提要（交际）

許沅吾自南洋還以英士書付我

北堂南歸

（通信）

寄叔庶叔實書　廿六号

戢侯生子春鎮一

得英士戌二日　得宋楷三牘

（气候） 熱　夜微雨

（温度）

君子愛財取之有道　洞山總禪師

六月七日（乙卯年四月二十五日己巳寅正芒種）月曜日（即星期一）

提要	
（交際）	
（通信）	復英士及抱一原處
（氣候）	大雨
（溫度）	

赴雷南坂計事許沚孟將復之非作震也

迎鄭仲完遂偕訪鈕鐵生不遇、何嘉祿

有人以程壯褚人有作偵探者遂電上海戒防一面查其虛實并電戒英士捕諜之輊出

昨夜夢遺今日特甚倦

中山以上海電示余錫卿洪蘭維英士予三千元

艱難由懶惰生苦惱由偸安來　佛闌克介

六月八日（乙卯年四月二十六日庚午）火曜日（即星期二）

提要（交際）

過天統一 晤介石告竹內事之結束也
與方性貞英方女負而悻悻然度量相越也
景梁謂三日持介錫卿晤英士云

（通信）

得丁景梁函 三日
得哲謨函

（氣候）（溫度）

七五、○○

咬得菜根則有非可做　汪信民

六月九日（乙卯年四月二十七日辛未）　水曜日（即星期三）

（交際）提要

（通信）
得叔實牋 五月十四號第十二件
牋並詩及柳聘儂

（氣候）（溫度）

之恩水不能溺火不能滅假謌

六月十日（乙卯年四月二十八日壬申）木曜日（即星期四）

提要

（交際）

（通信）

殷英士

（氣候）（溫度）

六月十一日（乙卯年四月二十九日癸酉）金曜日（即星期五）

（提要）

（交際）

（通信）得午嵐兩書 五月廿三日 五月廿五日 皆自安南

（氣候）雨

（溫度）

夢還家，家人相聚，道往年亡命，追懷往事，感極大哭，醒猶哭不止也。

午嵐已由安南返香港，有書請決去就於我，此書則已決也。惟許錫卿之詞較昔日稍稍誠懇耳。

雲樓欲促靖揚還滬，與我言，吾未置議，雲樓又夜過滬伯言之。

六月十二日（乙卯年四月三十日甲戌）土曜日（即星期六）

每日勤學一時積至十年雖愚亦智　斯邁爾

提要（交際）

以純將還國餞之酒名約田符山曼殊伴秋陪之主人則我與滄伯也

立丹來書極憤懣

要根提攜請揚其流弊可謂善處若加約之晚來尋廬略有所討而焉至之

人不可不慎也

通信

得立丹書　得曾廣焯成吉

氣候

雨

溫度

不勤勞何從得安樂何從得休息　加黎

六月十三日（乙卯年五月初一日乙亥）日曜日（即星期日）

（交際）提要

朝有來煩頗若頗厭之然我半日功夫也

林德軒來述佛之寧羅君及其弟批宋南扳略南湘蜀事

作殘闕四時腦疲極也

但律兩劉典修以攻之說崇叔實之熱心開減不擇事不度人而旋着有以召之今

日隣痛言之也

（通信）

得叔廠叔實書九日第一号

發英士　蕭叔廠叔實廿九号

（氣候） 陰

（溫度） 七三、〇八

失名舉而得利益猶損失也 撒伊拉士

六月十四日（乙卯年五月初二日丙子）（入梅）月曜日（即星期一）

提要
（交際）
（通信）

（氣候）	（温度）
	七六〇六

六月十五日（乙卯年五月初三日丁丑）　火曜日（即星期二）

提要

四弟謂縣中已得大雨當可望為豐年并米尚值十九百錢也聘仲常為教習又見兔

失令人着急

近以日嘯与無謂之人爭虛矣

與卿未欲得醫藥矣

錢推來言需日用之費而交斗寅纖亦需三十元也我今手無半文而求者不絶真苦境也

（交際）

（通信）

晚得四弟書　五月初廿日

得斗寅書

（氣候）

（温度）

勤則家起惰則家傾儉則家富奢則家貧　梁國夫人宋若昭

六月十六日（乙卯年五月初四日戊寅）　水曜日（即星期三）

提要（交際）

自朝來數輩言事十一时始得赴僊南坡　午後赴王德一家

乘汽車今日始也

常光誠君來曾屢辟渠未離上海一步而所領數百元消耗在天涯地矣猶復日日來函

宗彝可救也

鄭仲完來

吳國戰時經濟情形完讀

（通信）

得午山鳳書　五月廿八日廿六

得扱五股

（氣候）熱

（溫度）八四．〇六

無名譽之人猶步於死　萊克曹

六月十七日（乙卯年五月初五日己卯）（夏節）木曜日（即星期四）

提要	
（交際）	
（通信）	得叔堯叔潁緘 十二日第二號 得曾履初 十二日 覆之 發叔堯叔寬三十號 俶年五冊 發英士孫伯及曹赤鳴
（氣候）	熱　晚涼
（溫度）	八四〇七

伯如已還閩抵滬十二日肴到五巷其夜即西歸瑞書已入孫伯校而錫卿尚須一個月成行大悻事也

竟日作啟　午前過濤伯一商錫卿之行期使過鐵桓海珊

五月五日也獨飲

少不勤苦老必艱辛　李邦献

六月十八日（乙卯年五月初六日庚辰）金曜日（即星期五）

提要（交際）	通信	氣候	溫度
	發叔瀛、叔常書，儒嚴、立丹 ~~發吳子茂、曾履坤~~ ~~發許汝爲、李曾驥~~ 發葉夏聲、蔡生 發樊卿	近晚微雨	八六、二〇

館寓樓，晚灼三壯玉

昨夜夢吾母治吾目疾，捻紙條約長八分許者二，而吾兩目皆病，右眼似已失明，左眼尚能視，而視力甚弱。母既插紙捻於右眼，吾乃請曰：左眼尚能微視，不插紙捻何如？母許我。未幾，左眼視物漸明，忽而兩目皆爽，病幾全去，心之快，不可言語形容，喜極而醒也。

六月十九日（乙卯年五月初七日辛巳）　土曜日（即星期六）

提要（交際）

家禹歸壬於枝梅大女也

寄仲執及仲言伯衆力學備選日記往

叔寅函謂成都版有進步也

叔實別紙計事游修九弟詢之

（通信）

寄四弟五弟大女及仲凱書

得叔實書二十九日別紙一

得曾廣烽書

（氣候） 晴

（溫度） 八四〇六

六月二十日（乙卯年五月初八日壬午）　國曆日（即星期日）

提要（交際）

吾國地理幾盡忘之今日檢閱

鐵樵來索款斗寅還蜀假路費非人屬我措借真難我也異哉

趙雲南叔從四川來函言兵事皆付中山而中山不一覽僅從吾口讀之有怨志

牙痛

雲樓來偕出散步

昨夜地大震

通（信）

鐵樵來啟

氣（候）

溫（度）

八四、〇二

耳無淫聽　目無邪視　班昭

六月二十一日（乙卯年五月初九日癸未）　月曜日（即星期一）

提要

（交際）

近日乃稍稍得讀書　夜赴雲南坂

夜見吾父語以予貸資往商也

（通信）

得哲謀書

（溫度）　八四、〇八

（氣候）　晴　夜微雨

睦族之次郎在睦鄰姚琢牧

六月二十二日（乙卯年五月初十日甲申夏至戌正） 火曜日（即星期二）

提要

（交際）

吾本生母以六月三日還家，咳病忽作，飲食不進。吾弟於母歸之次日即發家書，以知識性情有進步矣。五弟引咎自承，前書所言不實，亦足毅也。毅帥仍聽仲言去，心猶動。以列五之事詢九弟。

（通信）

得四弟五弟書（陰曆四月廿七日 六月四日發）

寄叔凝叔英函（三十二號）

復佩年招謀

（氣候）

（溫度） 七九、〇二

增廣知識在立志不在年齡之多、普拉遂止

六月二十三日（乙卯年五月十一日乙酉）　水曜日（即星期三）

提要（交際）

（通信）致吳非、灼之未書

（氣候）（溫度）八一、〇三

戴季陶來　赴靈南坂　讀堀江財政講義似較讀小林丑青者愉快

鍾某無狀吾欲召而戮之徐叔狀乃曰如必欲判斷是非不但非先生地位所宜

亦甚無意味斯言頗直能不知余之意也

夜再赴靈南坂

與占滬伯立譚道中而歎事本不易為也

吳非其人可用以事還上海怨與中孚不洽今日其賬來函霞書掃之

人須有廉恥有廉恥則能有所不爲　朱晦庵

六月二十四日（乙卯年五月十二日丙戌）　木曜日（即星期四）

氣候	溫度
雨	七五、〇〇

提要（交際）

通信：得陳中孚緘

讀振江講義

雲樵晚過而謂吾任事於此必多恩怨持來袁氏去位而吾當休兵則吾宜勇退々而度進可也退爲吾意所在自度空疎故也退之道當從事商工以沒吾用世身不入政潮之中而商工又有益於國進非吾志也

六月二十五日（乙卯年五月十三日丁亥）　金曜日（即星期五）

提要（交際）	
（通信）	得哲謀書廿日
（氣候）	
（温度）	八二、四三

昨夜神思最劣，前後兩夢皆失性靈，既不能記憶所居，而車夫人役易下半非其所有，如一字不識者。昔江淹夢人滌腸而文思進，吾其退乎。

業精於勤荒於嬉　韓退之

六月二十六日（乙卯年五月十四日戊子）　土曜日（即星期六）

提要

（交際）

（通信）

寄英士哲謀書

得林伯如書 自漢口十一日發

（氣候）	（溫度）
	八一.〇七

不遭危險無以見勇氣　路程修

六月二十七日（乙卯年五月十五日己丑）　日曜日（即星期日）

提要（交際）

（通信）

得叔痕報實書　廿二[illegible]

得曾唐焯書

（氣候）

（溫度）八二、〇四

君子不求人而求己不責人而責己　張楊園

六月二十八日（乙卯年五月十六日庚寅）　月曜日（即星期一）

提要（交際）

午前赴孫伯處

（通信）

收中孚及吳佑訓

（氣候）

夜雨

（溫度）

八三〇三

與其有譽於前孰若無毀於後　韓退之

六月二十九日（乙卯年五月十七日辛卯）　火曜日（卽星期二）

提要（交際）

（通信）
收葉卿及唐炸

（氣候）（溫度）
八二、三四

子弟年少時勿介事事自如　中涵光

六月三十日（乙卯年五月十八日壬辰）　水曜日（即星期三）

提要

（交際）

（通信）致柳聘儂侍仕之

（氣候）（溫度）八二、〇二

皖人夏與夏來書談呂占畢少珊高要東而三矣然因索錢而罵人者皆皖人也其外尚有一陳丑可謂皖人中之不明白事理者雖然少珊當別論

未索生活費者自朝占昨先後攪我半日革命如此真可歎也

赴雲南坂

亮工來朱康子延外國律師將延訴亮工欲我商於中山捉款了是謝之今日當註全力於進行乃根本之辦法也

從今日始隨物體究隨事討論則日積月累自然純熟光明　胡清甫

七月一日（乙卯年五月十九日癸巳）　木曜日（即星期四）

提要（交際）

又一月矣鬚髮有斑白者而大事何日成功且袁世凱猶肆毒於民黨之家庭小子

思吾母極矣

瑞書已入里令中學預備數學一年即入孫科又二年即入鑛業大學而田兒乃將風擇

大約因學費不敷之故非是特論之也

列五以裕商公借款薦充軍需交喻崇之業鹽之販運其中交涉我皆未與今擬

資以告伯如俗瑞書留學當設法不使輟半途也

倩宗被鄭向發見一冊據云由海關檢查以為禁制品也

馮自由初自美洲抵日本見於中山先生處似頗熱心者

（通信）

得叔永孫叔永五十三號

得林仲如楚僧寒友

寄田伯書

（氣候）晴

（溫度）八〇八

早起有無限好處於夏月尤宜　中涵光

七月二日（乙卯年五月二十日甲午）　金曜日（即星期五）

提要	讀古文良久
（交際）	
（通信）	發英士
（氣候）	晴
（溫度）	七九、〇九

作事過遲不如不爲　英諺

七月三日（乙卯年五月二十一日乙未）　土曜日（即星期六）

提要（交際）

覆滄伯

弟兆宦南坡皆來計事　馮自由來譚

叔雍叔賓初婚以路阻不行而改於陰則節已決川但後子根請安南乃見英張滄山不有定

識有關係之事做難字應之計也

俊初偕東來

午嵐已由安南返香港而猶請款也

（通信）

得叔凝叔賓兩函　一日六日　皆第六號

得易俊初書　廿九日

得午嵐書　六月十八香港

（氣候） 陰

（溫度） 六四、〇四

自由當以智德得之　斯非的巴里

七月四日（乙卯年五月二十二日丙申）日曜日（即星期日）

提要（交際）

欣數還里矣而牋中特及婚姻事吳念存頗欠沈靜似不若乃翁之樸質今欣數已詢之諸

其兄為我困難也盡息今吾內未寄函上海詢查其進退

昨夜特詳擬被也

中山屬我牋吳士坐其以大事為重不宜徒死

觀活動寫真

通信

得欣數牋 六月十六日寄

得吳玉章牋 五月廿五日巴黎由濱崎轉

氣候：陰

溫度：六七〇三

不孝父母而盡情於他人無益也　梭格拉底

七月五日（乙卯年五月二十三日丁酉）月曜日（即星期一）

提要

（交際）

（通信）

錫斋說書 六月廿九日

得蕭鳴籟書

復英士

（氣候）	（溫度）
陰	七〇、〇七

托澹伯假商錫予接濟事宜

擬課未成長言丁某事，以為上下不能相孚，便越權限破壞統一，頗嘆嘆。也凡成佬中山以此之事非但不入作事範圍，亦且不入定事範圍，成閱有益作事定事既明亦可當務者也，斯言可以解紛而事理亦實先此

予英士嘗作說示澹伯，謂窮理真而詞美，不事文者有年矣，今得此言，如登天上，亟欲存稿，乃零接來諭，竟以諾語中付諸鄰人，而忘存稿之事，足見心之放矣

散步心神一爽

窮約時當念守分二字　姚舜牧

七月六日（乙卯年五月二十四日戊戌）火曜日（即星期二）

提要（交際）	通信	氣候	溫度
午前鉞秋去後遂寢方醒而客又至無他事也 往者叔賓來晤最重者兩事一謂促錫卿之行是否別省確有把握一謂錫卿歸後俟方接辦也當以我與誼伯是責今日匆匆作書而林德軒適至遂祗為言是二事也接辦之說中山固允然其意不誠而不敢据實以告因錫子謂之所算不可不行也 林德軒來	寄叔凝叔賓書（二十二號）晤彥生并接告號張英三函	陰	六三、〇四

言論不可失之粗暴亦不可失之拘謹　康德

七月七日（乙卯年五月二十五日己亥）水曜日（即星期三）

提要

（交際）

（通信）

（氣候）陰

（溫度）七二〇一

偕黃足叔赴靈南坂
法政學校

為法律所保護者方為權利　亦林格

七月八日（乙卯年五月二十六日庚子未正小暑）木曜日（即星期四）

提要（交際）

（通信）

復竹亭緘

（氣候）

（溫度）

七七〇五

他人保吾權利不如吾自保之尤切　斯賓塞

七月九日(乙卯年五月二十七日辛丑)　金曜日(卽星期五)

提要

(交際)

(通信)

陵中字成

(氣候)

佳

(溫度)

八一〇一

不勞苦不能得利故無資產者以極力勞働爲宜　英諺

七月十日（乙卯年五月二十八日壬寅）土曜日（即星期六）

提要（交際）

（通信）得吳一牋　寄中山牋慎之
牋折謀吳玉
牋叔吳秋庵　三十四号

（氣候）

（溫度）七六〇三

英士牋有錦帆將還上海推黃爲首領之說　劉廣庵寄雲樓牋稱總集中人有以匿名書致上海各報館求其登載而攻錫卿涉及叔寅与不肖　幸銀館拒之其稿已入抱一手五人心之壞至此秘密黨之行徑傳播非報章罪諜非偵探矣大端如此其他則又何說

劉世軒將還上海錫興激卒業將還四治酒餞之占滄伯為主人并召安舜卿後漢周及雲樓灼三鐵樵也

黃吏叙今日辭歸　當可收小效

君子不遷怒不貳過　楚野辨女昭氏妻

七月十一日（乙卯年五月二十九日癸卯）日曜日（即星期日）

提要（交際）

赴源伯處芝軒以今日行再興商店之事也

赴雲南坂訪林德軒

以擬寶書寄源伯鍋卿頌置重陽方携歸出其居有女郎伴之又予人口實也

食櫻桃

徐鈍秋來言別

凝伯携來來一張往事將赴南洋謀明年食宿之資何此以川事或不可

為不知何人所為皆愚退也

（通信）

得叔施叔賓書（六月二日七月）

得張涤濤書及竹內致中學書

（氣候） 陰

（溫度） 六八〇四

名於財者失所親　管仲

七月十二日（乙卯年六月初一日甲辰）　月曜日（即星期一）

提要（交際）

作書而未古事者最磨半日功夫也

夜赴靈南坂飲檸檬水

晚人夏與反來書肆其醜詆伍又兩腋引罪於是极之以腋戒之曰

敵人黨張同志不宜有異同

鄙人鍾馬以書醜詆書來以匕首叔人真所謂禽獸異擇焉者也

（通信）

寄叔源叔實（三十五號）

覆石子駿

（氣候）

（溫度）七六〇三

不因失敗而氣餒常進不止 夫蒸克

七月十三日（乙卯年六月初二日乙巳） 火曜日（即星期二）

（交際）提要

徐仰秋來言事 而他言事者相隨又費我半日功夫 雲樓計及川東軍隊閻不可忽殊非細思不能定也 胸部殊不適甚覺寒耶

（通信）

寄英士緘

（氣候） 陰

（溫度） 八三、〇一

起居時飲食節則身利而壽命益　管仲

七月十四日（乙卯年六月初三日丙午）　水曜日（即星期三）

提要	
（交際）	赴霊南坂　赴源伯家什事 晚极热不能安寝十二时未凉也夜不寐被兵蚊去年有加
（通信）	得什宇书　得哲谋书
（氣候）	晴热
（温度）	八八〇七

人之幸福心神快樂爲上身體康強次之資財其下也　意司達西

七月十五日（乙卯年六月初四日丁未）（出遊）木曜日（即星期四）

提交（際）要	（通信）	（氣候）	（溫度）
	得四弟書 發五月十三日	熱	九一・〇二

訪馮自由張孝漢赴靈南坂　往返費半日功夫　出汗愈多飲水亦甚遂使人疲倦也

四弟得一女　舊曆四月廿二日　新曆六月四日　行年三十一僅乃得此吾母必喜極自足兩往得子亦可期也吾前為此家庭不睦引為至戚四弟力解且謂自得放書發言痛哭

潞安鄉

膽過大心過小其失惟均　章遜

七月十六日（乙卯年六月初五日戊申）金曜日（即星期五）

提要（交際）

源伯雲非商寄瑞書百元得法蘭西幣二百七十五法郎託玉章特交玉章利用

致西凱之說略駁之

安舜卿來　夜赴望南坡

（通信）致吳玉章

（氣候）熱

（溫度）八八〇二

父母所愛愛之　父母所樂樂之　竹予

七月十七日（乙卯年六月初六日乙酉）　土曜日（即星期六）

提要（交際）

鈕秋徐鍔來詳報中華民黨解散事以兩事規我一聯洽黨員感情一平黨員之心兩者皆中的不在金錢非足以詢方法於鈕秋鈕秋曰尚未得也此言殊為鈕秋客氣然自我觀之皆因錢而已矣

作牋半日午后訪閻崇義計議天津事

（通信）

致叔凝叔實三十六號信及初

致英士指謀介嵐

得夏逸民啟

致崔仁讓書

（氣候）（溫度）

八八·〇五

傲慢者不愛人亦不愛於人　英諺

七月十八日（乙卯年六月初七日庚戌）（初伏）日曜日（即星期日）

提要	
（交際）	偕仲元將兩將張本撰返小呂宋送之并飲於神田而仲元為主人也馮自由蘇無涯在座自由亦將赴橫濱
（通信）	
（氣候）	
（溫度）	八七、〇一

午前熱，室內極

人極重一恥字　魏冰叔

七月十九日（乙卯年六月初八日辛亥）　月曜日（即星期一）

提要（交際）

報載龍濟光擬託遍訪王侯一依世日本海軍省探之職員而以日中丞居也

午后赴靈南坂中山又同志之不滿英士者詰我吾答之曰是皆分二派一因於權與錢之關係一者備具於事之大處未能盡輔助之道也

晚過張伯高錢懇日用仍收由吾負責任予之以藥婦將臨蓐而無一錢其窘人不堪也

（通信）

得中孚兩啟

得復生啟

（氣候）（溫度）

九二。一

以銅爲鑑可正衣冠以人爲鑑可明得失　唐太宗

七月二十日（乙卯年六月初九日壬子）火曜日（即星期二）

提要（交際）

（通信）

復英士振湜　英士自此始列第一號

（氣候）（溫度）

九〇、〇〇

七月二十一日（乙卯年六月初十日癸丑）　水曜日（即星期三）

提要（交際）	（通信）	（氣候）	（溫度）
			八九〇

與白田村訪小呂宋墨迦，赴橫濱送之，乘高麗船，其國汽船也。午飲僑海眼合倉蘇為畫派為主，歸途過新子安海水浴，五時抵屆，偕行蕭宮增璜外也。晚赴神田

李陶函約午后一時至其家晤柳原正雄，吾五時始知之，李陶[illegible]六分以電來，雖而電文八時始得，差錯如此，不能去也，而事殊重要，遂使我焦躁不得其養

最上之法律作保護道德　法律金言

提要（交際）	通信	氣候（溫度）
中山先生指遊香根而委任狀叢沓不得暇矣 訪黌南坂　季陶未又期次日往訪补原 夜飯徐紉秋唐蒙		八九〇六

七月二十二日（乙卯年六月十一日甲寅）　木曜日（即星期四）

七月二十三日（乙卯年六月十二日乙卯）　金曜日（即星期五）

提要　（交際）　（通信）　（氣候）　（溫度）九十度弱

朝五時起，寫委任狀，至八時始畢。而李陶至，大德訪神原
與神原見後，偕李陶赴藤川海水浴，再飯其家，李陶始告之，辭之
出，入視多，衛皆吾從陋，不曉，有可否
別李陶，接東京之報，以將從紐雲南，將中山先生諸將英士瑞之匯
君在上海英租界被捕入獄，理甚明，奈何而公家無一錢之備以為應
用。閱之，感甚，立過趙伯言之相對，歔欷，寢，屆十一時後矣

富以苟不如貧以樂　禮記

七月二十四日（乙卯年六月十三日丙辰辰正大暑）　土曜日（即星期六）

提要（交際）

滄伯早晌即至一夜不眠故起而詢我余脫生也諸客去後合宝樓

來促譯

田兒得我書知艱於學費六月十三日之來書鬱一種窮態深愛

之氣少子稱斷為倚當之欲返巴黎自炊以過活而又欲從其同

学之從革命也

（通信）

得田兒書 六月十三日

得叔癡叔實書一 七月十七日 一 七月廿日

成英士第二

（氣候）（溫度）

八八、〇〇

志士不飲盜泉之水廉者不受嗟來之食　樂羊子妻

七月二十五日（乙卯年六月十四日丁巳）

日曜日（即星期日）

提要

（交際）

（通信）

（氣候）（溫度）

厚著不損人以自益徐新序

七月二十六日（乙卯年六月十五日戊午） 月曜日（即星期一）

提要（交際）

九時赴榊原正雄之召回；聘原口聞一

訪趙孝述、吳吳山

午后与什愷、稚争、雲南坎

吳吳山席花柳，而志氣頗衰也

（通信）

得甯孟言書

（氣候）（溫度）

八九○六

七月二十七日（乙卯年六月十六日己未）火曜日（即星期二）

提要（交際）	通信	氣候	溫度
	收中孚函言 寄叔雍叔寓滬三十七號 收英士第二　龔維周 寄四弟書　收雪堂	晚涼	八八八三度

作信緘絡日　前為佩年代我設法匯款法國而款實未成日已匯究匯若干只存已匯不得復款今日特詢款實也

香孫所於七月廿日自浙施江還滬

晚涼早寢補日來之不足

愛國心必基於大義本於大德　袖領布克

七月二十八日（乙卯年六月十七日庚申）（中伏）水曜日（即星期三）

提要

（交際）

（通信）

（氣候）（溫度）八〇、〇六

赴滬伯處見上海新聞廿二日所揭載者尚無度生被逮之說故走告滬伯思慰之

初而鐵樵以在鐵樵於四十元外尚欲索款於我真竭蹶而不惜者耶

今日與鐵樵還蕭表三索款之事並及吳山之請貸因曰我身無半文凡友朋所貴者在彼此相諒設我以友人故而喪若以取盈必相凌藉所不敢也今則人人向我索款何耶

七月二十九日（乙卯年六月十八日辛酉）　木曜日（即星期四）

提要	交際	通信	氣候	溫度
				八三〇五

晚林原正雄原口聞一者以李陶之游說也

訪何偕　晚傅仲三謝其所請

觀外報大隈內相辭職吾見之頗有異感謂能者久之郭閣之法律的法

及大臣之撤除法作如此而俄閣何如

日本中央新聞夕刊黎元洪果封王而辭酒以次果封公矣

檢甲寅雜誌第七號

上有官行　許允婦阮氏

七月三十日（乙卯年六月十九日壬戌）　金曜日（即星期五）

提要（交際）	通信	氣候（溫度）
	覆英士第四	八五・〇

什怡告我英士來電派遣者實後生也中山先生已返東京

又後生事雅陵諸伯

一番閣議員瀆職事件今日由內閣負監督不行屆（中國失監督之職之意）之責提出辭職書閣員全体辭職日本維新不過數十年其尊重法律也如此

夜晤中山先生大隈內閣去職吾黨當能於外交上得萬一之助乎

以詐僞得利之人必遭不測之禍　英諺

七月三十一日（乙卯年六月二十日癸亥）　土曜日（即星期六）

提要（交際）

趙聖南坂滬伯先在日事之誤上海殺未能匯也
復生以七月廿日午前十二時之頃被逮同時被逮者四人復生鎮虎及其兄錫九及董
長有之椎梳手入獄日補房嗟夫犧牲生命名譽而受勞極苦以報之竟得
結果如是悲夫吳君富營救之任而愚石亦盡力焉事之濟否天也乃
鄧貴三樂其災禍劉亞休但始開綻斜訛謀滬伯與我而不救人皆痛心
者也湯過滬伯還將十一時后矣蓋過席正銘印談粵事及同学會
也

（通信）

晚得叔瀛叔貞弟六号子春漢
犀殿楚呂殿錫卿殿
得英士殿吉謝彬殿吳非殿

（航候）（溫度）

八〇

自由由法律所許之力而成　西細洛

八月一日（乙卯年六月二十一日甲子）　日曜日（即星期日）

提要（交際）	提要（通信）	氣候	溫度
			八六.〇四

早起五時赴靈南坂　鐵樵未滿還遞視後生寳書以既無搭救之術不如勿歸且歸無路費也

昨夜不安寢也

李武來言補集事

竹石來曰要之累人於某君見之　吾為大局乃為彌縫此缺也

八月二日（乙卯年六月二十二日乙丑）月曜日（即星期一）

一語一默從容中道　明仁孝文皇后

提要（交際）

（通信）

（氣候）

（溫度）七九、8°

論人須帶三分渾厚　呂新吾

八月三日（乙卯年六月二十三日丙寅）　火曜日（即星期二）

提要（交際）

午前赴滬伯鐵雅處計議後生鎮民事

午後裁復積勝

鐵雅欲還上海一宿後出兩仰資於我吾計其帰也不能有助非盡感情而已

其家在此且其婦將產值籌之際誰實主之耶託雲樓將商派

伯取決

（通信）

得叔凝子春牋 七月廿六日

得芝軒牋

寄叔凝叔冥 三十八號 冀士振祺牋 第五

（氣候）

（溫度）

八七〇七

諮疑之與推誠其效固不同也　陸贄

八月四日（乙卯年六月二十四日丁卯）　水曜日（即星期三）

提要（交際）	（通信）	（氣候）	（溫度）
	得叔擬牋二十二日發	雨夜大風雨	八四〇二

雲樓朝五時即來商錢推之歸而以為宜歸也雲樓每晨起居甚早時
早以課後生事不能寐蓋大家皆然
方飯七時擬之儀適至事略有轉機心稍舒也遂約雲樓談少許即
過滬伯
中山先生自香根歸很評歐戰及日本政黨
今日吾家自莊親以至兒女共合我特甚使吾父存者登堂拜椀娛
親之典必有悲喜交集者矣
因兒問學法國無款寄之非由鼓孝述假得百五十金今以百金匯法以備
二月之用耳餘此將為
林德軒夜來

不經意之為害比無識為大　佛蘭克介

八月五日（乙卯年六月二十五日戊辰）木曜日（即星期四）

提要（交際）

（通信）
予田兄殿
得長課書　三十日
予四弟及大女殿

（氣候）雨
（溫度）七六、四五

今日陰曆六月廿五日也，先君子誕日，苟不棄小子者，六十八年齡矣，悲夫。
赴靈南坂稍坐，遂冒雨歸。客至，略檢新聞紙，遂午后二時矣。
雨浴。
昨夜夢侍吾父共寢，其室則駒龍卿之室，而床則吾父生時安寢之床也。
景梁殿謂禮拜二後生鎮兒案開審，視必有好消息。禮拜二，月之三日也。而景梁囑我與濬伯安心，似我見殿不如張案為何，我遂告之張某後生之託名也。
瀏覽劉子政封事。

一九一五年

八月六日（乙卯年六月二十六日己巳）金曜日（即星期五）

提要	
（交際）	
（通信）	
（溫度）	八四〇
（天氣）	

雲樓來久譚十時赴雲南坂中山先生以上海電出示復生已保釋也復生既釋則鎮氏亦輕罰可以斷言一時狂喜急作報雲樓又欲報滄伯斷臘照乙不縮短而腳費不敷行賂亦微雲遜棄電車不假人力車喜亦病人如是抵高山而滄伯他出即仔錢推而雲樓亦追至矣吾人見電其喜如是上海諸友更不知如何也若鎮氏而同出猶不欲使人發狂乎飯錢推家而滄伯亦事於飲食矣

欲得獨立須由德行　倍脫辣克

八月七日（乙卯年六月二十七日庚午）　土曜日（即星期六）

提要

昨夜十二時尚不能合眼，今晨未六時而醒，是日甚疲憊，不知如何。

趙柳森來長譚。

（交際）

（通信）

發叔凝叔實（未列号）

得中孚去六月一日書

（氣候）（溫度）

八六、〇九

八月八日（乙卯年六月二十八日辛未 夜子立秋）日曜日（即星期日）

提要（交際）

叔賓貧病　兩股以三月午前兩腿而發較午后審判之結果未知也英士經營外
叔凝但先訂後生一人已用金三千也人家七千無以應之止有三千故先脫後生一人
股痛特甚不敢謀作何憔悴如此
滄伯將送眷還閩而以家庭之苦隱道非叔所謂孝子之心有無窮之
苦痛乎
鐵樵以婦將臨蓐來假宗款
晚餐以不遇敦微旺遂購藥及水果

通信（通信）

得叔凝叔賓暨弟函發

氣候（溫度）

八六〇

居處有常服食有節言語有章　明仁孝文皇后

八月九日（乙卯年六月二十九日壬申）　月曜日（即星期一）

提要（交際）

六月十九日之書抵家　母及吾婦皆袁賊遣人関之去可知矣　士儉偽入京師内務部地方警察學校而我之遭袁世凱密捕吾弟既已知之　大女病五日而殁　七妹續病而殁　母又咳作何家中多病耶　念之

以陳到醫院事告哲謀

自是日始服健腦丸

（通信）

得哲謀書　三日
得心弟書　七月廿二日　舊六月十一日
復哲謀
暨四弟

（氣候）

夜大雨

（溫度）

八四〇七

憲法之特色在自由而所以存自由者在秩序　博爾克

八月十日（乙卯年六月三十日癸酉）　火曜日（即星期二）

（提要交際）

田兄以伍販返居巴黎自炊度日已假友人三百餘法郎矣吾心頗憂比即寄一書去所以策也

日來精神稍憊　午前返南山

（通信）

得朱鶴年函 七月廿一日滬江滙

得田兄禀 七月十三日自哥將布

寄田兄書

寄英士炳謀書 第六

（氣候）陰

（溫度）八四〇九

修身潔己不爲苟得　田稷子母

八月十一日（乙卯年七月初十日甲戌）　水曜日（即星期三）

（交際）提要

曾廣焯竟以淫敗且偽造委狀其居心不可問也吾受其欺英士緘出道及
日光不到而熱異常我至不能堪
英士未定請委董君為滇司令長官中山合我取決頗慮其不足鎮率能
部長之請安可止乞且止乞而此外無相當之人董固有能力者遂贊
成之　中山取決於我者此為第一次
午嵐決以十八日南游一再申明對我實無他意胡聘臣還門毋劍魄執輿
晚省秋士

（通信）

得英士緘
得午嵐緘七月廿九日

（氣候）（溫度）

八九〇一

欲不匱則博施欲長樂則守分　李邦獻

八月十二日（乙卯年七月初二日乙亥）　木曜日（卽星期四）

提要（交際）

過譚維洋陳策遇維洋爲言祁醒廬也

通信

氣候　溫度

八月十三日（乙卯年七月初三日丙子）

金曜日（即星期五）

在職思其所司在義思其所立　辛眺女志英

提要（交際）

搬赴千葉未果　遷寓南坂

午後作書

赴殷侠農汝耕之召歸九时後矣

通信：

寄叔灝叔寅暇三十九号

寄吳士書第七

（氣候）

（温度）七九八、〇七

八月十四日（乙卯年七月初四日丁丑）　土曜日（卽星期六）

提要（交際）	（通信）	（氣候）	（溫度）
		陰	八五.〇六

赴千葉縣而醒庵已於七月廿九日經日本矢陳策出其告別之明片示我又以其異地之通信地告我而祇言已之無他

由千葉歸來六時後矣入浴後遂寢以今晨早起之故

途中見耕作整理施行地木標二束而相距約中里十餘里其間所見於表面者溝洫縱橫田畴整飭此區域而外則錯綜淩亂矣

多言則背道 多欲則傷生 李邦獻

八月十五日（乙卯年七月初五日戊寅） 日曜日（即星期日）

提要（交際）

午前過雪南坂

十三日寄上海兩牋內言要事而當事者未推鄭促其以電清理

（通信）

寄周哲謀牋

（氣候）

（溫度）

八〇〇九

聞善言則拜告有過則喜　李邦獻

八月十六日（乙卯年七月初六日己卯）　月曜日（即星期一）

提要（交際）

鎮南料引渡矣悲夫源伯來相對泣然

肯仁與論川事經營之失計而又辭伯棠欲赴南洋以張主持也

（通信）

寄叔癡叔演成
寄英士成
得叔癡孟梁成
錄信仁成

（氣候）（溫度）

八一〇七

才學兼備而無德則爲人所輕　新傑附

提要

（交際）

伯常辭吉欲去南洋之原委

以景梁牋送中山函乞已擬定召英士旋細計而止

鄧仲元自南洋還晚十時到林寓我處往粵浙事皆無望

（通信）

得伯常牋

牋鵬年函言及吳大洲

得汝爲牋

（氣候）（溫度）

八二〇六

八月十七日（乙卯年七月初七日庚辰）（末伏）火曜日（即星期二）

八月十八日（乙卯年七月初八日辛巳） 水曜日（即星期三）

靜以修身 儉以養德 諸葛亮

（交際）提要

（通信）
符江癡殿 十四日發

（氣候）（溫度）
八五、〇五

鄭錫元已於前禮拜四日十二日引渡矣志士化為灰燼悲夫今年以來吾友生之犧牲者四人矣事無一立將奈何
安舜卿召飲赴之遇雨歸來夜已深矣

見人耳語不可竊聽中涵光

八月十九日（乙卯年七月初九日壬午） 木曜日（即星期四）

提要

赴滬伯處

（交際）

（通信）

得朱稚年牋 清江

（氣候）

（溫度）

八三、〇八

行己有恥　動靜有法　班昭

八月二十日（乙卯年七月初十日癸未）　金曜日（即星期五）

提要（交際）

（通信）

（氣候）（溫度）　八八、〇、二

偕伋状相宅

軍人以勇耐守法為本膽力尚在其次　拿破崙第一

八月二十一日（乙卯年七月十一日甲申）　土曜日（即星期六）

提要（交際）

赴醫院檢查身體

訪謀之妾持節未遇

晚赴壓南坂

（通信）

何守謙信
得

（氣候）（溫度）

八四、〇〇

少年時代覺自己有失行者幸福也 —— 英諺

八月二十二日（乙卯年七月十二日乙酉）日曜日（即星期日）

提要（交際）

赴青山桐宅

吳吳山周鳳岐來　覺生偕琴梁聲叔秋來

晚赴靈南坂　中山先生病臥未言事也

（通信）

得挺琛書十六日上海

得復生政游仲書

（氣候） 晴

（溫度） 八二、〇四

八月二十三日（乙卯年七月十三日丙戌）　月曜日（即星期一）

提要（交際）

赴督院辦廢半日功夫

通信

復朱宿年書

氣候（溫度）

疑者覺悟之機　陳獻章

八月二十四日（乙卯年七月十四日丁亥 中初 處暑）火曜日（即星期二）

提要（交際）	
通信	得中華電比即覆之
氣候	小雨
溫度	八一、〇九

赴醫院　繼訪青山相宅晚飯覺生家

得上海電假生今日來日本英士則廿七日來也

飛飲身無無聊之感頗思飲酒乃飲又不快付之一眠

北方來函軍隊得十之六七然皆不任首難當事者非是欲由草澤揭竿何南

北軍人如出一撥而中山云非獨吾國即印度亦然且印度皆土人而為兵也

中華不得志於蘇督之文電詢祁醒塵近狀噫乎孰知亦如丁明清也

籌安會主張帝制而反對者眾然矣

應事最當熟思緩處　薛瑄

八月二十五日（乙卯年七月十五日戊子）　水曜日（即星期三）

提要
見上海新聞朱鶴年等被捕於清江悲夫
朝偕衆赴五宅布署
午后偕秋士覓居遂過沅伯覽生梓琴季陶先在相與晚餐而歸

（交際）

（通信）

（氣候）	（溫度）
	七十六〇五

八月二十六日（乙卯年七月十六日己丑） 木曜日（即星期四）

以禮義爲交際之道以廉恥爲律己之法　李邦獻

提要	
（交際）	往醫院 ○○○
（通信）	
（氣候）（溫度）	八〇五

世界大學校也困苦良師友也　腓伊果拉

八月二十七日（乙卯年七月十七日庚寅）　金曜日（即星期五）

提要（交際）	通（信）	（氣候）	（溫度）
憲居遇雨　再赴醫院　午後再憲居　竟不得也 晚乃作牋	致哲謀（晚發）		七四．五

八月二十八日（乙卯年七月十八日辛卯） 土曜日（即星期六）

物競天擇優勝劣敗 斯賓塞

提要（交際）

（通信）

（氣候）（温度） 八〇二

事務所今日遷於青山北町七丁目一番地

叔癡後生由上海来午后收得滬伯緘晚始相見寒暄外因人多未言事

也

料理事務所遷移事竟一日

戰時當爲平時之事　平時當爲戰時之事　彼得

八月二十九日（乙卯年七月十九日壬辰）　日曜日（即星期日）

提要（交際）

覓新居半日功夫仍不一得

擬軍務所整理規條

通信

得叔賓書廿五日第一號

得吳大洲牋

氣候

溫度

八三、〇七

知用財則財爲我之奴隸不知用財則我爲財之奴隸 遂與時辣

八月三十日（乙卯年七月二十日癸巳）月曜日（即星期一）

（提要交際）

過滄伯竟日有他人未及事也

曉林德軒來

（通信）

得田兒書

得午嵐書（自[illegible]發）

（氣候）

晴

（溫度）

八一〇五

士先器識而後文藝　劉直齋

八月三十一日（乙卯年七月二十一日甲午）火曜日（即星期二）

提要

（交際）

（通信）

（氣候）（溫度）

八〇、〇四

九月一日（乙卯年七月二十二日乙未）水曜日（即星期三）

德無細怨無小　說苑

提要	
（交際）	
（通信）	發佩年 祁畊家來函
（氣候）	（溫度）

早過烏山遊儒莊伯滄出灼三雙鐵與赴原宿

涓涓不塞將爲江河熒熒不救炎炎奈何　子牙子

九月二日（乙卯年七月二十三日丙申）木曜日（即星期四）

提要	交際	通信	氣候	溫度
赴醫院還原寓		致郁耿家		八三〇四

晚偕禹川、諸伯叔凝後出能澤派事，作已十一時半矣

後生裴推廣小團體之議，而錫卿非事述之，令人慨歎也

蕭賢俊怨毒常度，尚詐而殘賊陰狠，絕之宜也

錫卿毅然改過，請試之一月，發自知人之不信己也，故能得育仁、漢屏

後與伯常、兆南之同居，與漢屏佟以錫卿無恆為慮

九月三日（乙卯年七月二十四日丁酉）金曜日（即星期五）

提要（交際）

赴醫院原宿　中山以宋鈍初遺函出示論同盟會之改組政黨也

晚有趙輯五病

（通信）

甯武來緘

（氣候）雨

（溫度）七一〇一

愚者千慮必有一得　史記

九月四日（乙卯年七月二十五日戊戌）土曜日（即星期六）

提要（交際）	通信	氣候	溫度
	得俊初緘	雨	六五〇一

赴沼伯　飯鐵橋家

俊初緘云錫卿自還居後又二日不還家且不知蹤跡所在也

汝為午后四時到頗遇於途出尋我者也　英士午后八時半到迎之東京驛偕赴中山先生家　大雨見面之譯　中山所云者無異澆水我遂以雨及

夜深辭去

氣候大涼擁被矣

英士以鎮充拘名告我而所以不屈而直承者訊斯強之屈膝而不能也可殺不可辱之義吾鎮見有焉

九月五日（乙卯年七月二十六日己亥）　日曜日（即星期日）

提要（交際）

還家　午后過中山處晚餐　後生決赴南洋邀精衛來日本

叔寶謂領丸同學皆有救亡之心惜知其為張威此輩遂耳　雖然猶

希冀第一　又謂田兒學校九月當開學也　陰八月

八月廿六日香草師有南京之行

（通信）

舒叔寶發　九月一日　第二　卅別發

（氣候）　雨

（溫度）

九月六日（乙卯年七月二十七日庚子）　月曜日（即星期一）

提要（交際）

昨夜不成寐，遂使我半日不快，不能讀，不能事事。

午后到事務所治事，稍懌。

英士來事務所長譚，至八時還寓。

（通信）

英士以錫卿与梁書示我

（氣候）

（溫度）

九月七日（乙卯年七月二十八日辛丑）　火曜日（即星期二）

提要（交際）	
	偕高山譚半日
	朝巡查來　勝女教習推荐口語

通信：得賀佐復

氣候：

溫度：

真理不死而黎明

九月八日（乙卯年七月二十九日壬寅） 水曜日（即星期三）

提要（交際）

女教習田酒卷綬子今日始課

午后赴閻宗義之約与駿鶴生縱譚

中山令停止一切運動并截止濟困之舉期凡半年專事籌欵再無所得則甯身赴美洲云

鐵橋生女彌月治酒合飲赴之

（通信）

發醒塵哲課

（氣候）（溫度）

大勇者視天下無不可為之事　羅信南

九月九日（乙卯年八月初一日癸卯 寅初白露）木曜日（即星期四）

提要（交際）	通信	氣候	溫度

回寓山。晚復過之，復往南行，滬伯飲之也。

叔凝從上海以我不暇，如代我答函，注數語於後，以達叔賓諸子。

黃金之稱子生於勤儉之家　英諺

九月十日（乙卯年八月初二日甲辰）　金曜日（即星期五）

提要（交際）

晨遇張伯存待上海大略非來滬

午前赴日語速成事務所

晚作數牋

通信

氣候（溫度）

儉以益勤之有餘勤以補儉之不足　王集敬妻劉氏

九月十一日（乙卯年八月初三日乙巳）　土曜日（即星期六）

提要（交際）

（通信）得子春錫卿函　石庵來

（氣候）（溫度）

朝遇叔痴言上海事略詳　偕源後赴中山處
約三錢俊生召飲赴之
午后三時赴車站接石庵不得既見之而鎮亮已於九月一日遇害
悲夫遺骸已暫厝蜀商公所　子春錫卿言之至痛悲夫吾讀子
春書挺痛而哭矣
錫卿乃欲辭職上海竟有開會攻擊錫卿而奪但趙剛與約三
者

患難為最良之教育皮愛

九月十二日（乙卯年八月初四日丙午）日曜日（即星期日）

提要（交際）

痛言錫卿之失，分散諸子，并以中山兄數千欵告之

舜卿言由滇黔三省同人訂約

赴原宿（中山兄住居也）

日本一般黨人頗有合同袁世凱之象

（通信）

成叔、實、錫卿、子春、復初、伯常

育仁、琪群

景梁、舜卿來啟

（氣候）

（溫度）

夜半前一時之眠優於夜半後二時之眠　斯邁爾

九月十三日（乙卯年八月初五日丁未）　月曜日（即星期一）

提要（交際）

叔庭、厚生、啓庸、雲樓來，縱譚半日。
汝為、谷欽、神田號，十一時歸。
四川銀行之款，今年一月佩青九弟已匯款料理，於七月了結，今日始以賬來，并銀行收款後交還之証據，吾初不知道，我可謂厚矣。列五之款計我實用于六百數十兩也。

（通信）

得叔實兩緘（一舊七月廿六日，一射陽）
得九弟緘

（氣候）（溫度）

八〇〇八

九月十四日（乙卯年八月初六日戊申）　火曜日（即星期二）

夫婦者人倫之始也不可不正　召南中女

提要

（交際）

（通信）

（氣候）

（溫度）

怱遽結婚則生後悔　柯孤尼布

九月十五日（乙卯年八月初七日己酉）　水曜日（即星期三）

提要

（交際）

俊初自上海來以電告迎之來京驛—而錫予仍留泗水校也

（通信）

（氣候）（溫度）

九月十六日（乙卯年八月初八日庚戌）　木曜日（即星期四）

才不宜露势不宜恃享不宜过　姚舜牧

提要

（交际）英士又中山雁小宋告叔灼三丹书叔癡后生启庸来

（通信）得四弟八月廿昔仲执若朔书

（气候）（温度）

念慮行常動必無過思患預防所以免禍　明仁孝文皇后

九月十七日（乙卯年八月初九日辛亥）　金曜日（卽星期五）

提要（交際）

腦病不治事　叔士今日別居

重模病

滋生鐵進來

叔癡脈庸來同居

（通信）

（氣候）（溫度）

信賴自身則不爲人所欺　英諺

九月十八日（乙卯年八月初十日壬子）　土曜日（即星期六）

提要（交際）	赴青山腦病院診察近日來腦頗痛也不敢作事 午后赴中山家 滄伯後生來 晚過滄伯 英士仲愷皆來言中山暱小宗事不勝慨歎也
（通信）	
（氣候）	
（溫度）	七八.四

九月十九日（乙卯年八月十一日癸丑）日曜日（即星期日）

提要	（交際）	（通信）	（氣候）（溫度）

約啓庸訂交結合在中國體啓庸慨然諾

中山欲有所作衆沮之

九月二十日（乙卯年八月十二日甲寅）　月曜日（即星期一）

十事之半通不若一事之精通　英諺

提要

（交際）

直枝守山先來
啓屏歸國

（通信）

（氣候）（溫度）

人能克己則仰不愧俯不怍　朱晦庵

九月二十一日（乙卯年八月十三日乙卯）　火曜日（即星期二）

提要　（交際）　（通信）　（氣候）（溫度）

決西南大計

九月二十二日（乙卯年八月十四日丙辰）水曜日（即星期三）

智識　指揮　實驗　實驗　指揮　智識　法談

提要

（交際）

電台錫卿倡導

（通信）

得哲謀書
寄孜實書
寄四弟仲執書

（氣候）（溫度）

九月二十七日（乙卯年八月十九日辛酉）　月曜日（即星期一）

提要

偕叔瀛復初晚餐斯亮工

晨赴醫院醫者以入院勸而阻我旅行

（交際）

（通信）

（氣候）（溫度）

人或毀己當退而求之於身　王通

九月二十八日（乙卯年八月二十日壬戌）　火曜日（即星期二）

提要	
（交際）	
（通信）	
（氣候）	（溫度）

連日以腦病百事廢弛日之計出遊而議不能決退之徵也

偕俊生物過谷斯　遂遊西大久保過酒巻綾子之門見之而未入

夜雲樓來訪英士之論鐵椎接濟事近於挑剔頗使人不快英士終非可共事之人也

九月二十九日（乙卯年八月二十一日癸亥）水曜日（即星期三）

提要（交際）

通信：發叔疑、賓權、仲秋

氣候：午后微雨

溫度：

午前七時半別嶷公及慶初赴伊豆山乘快車抵國府津易鐵道電車至小田原再易輕便鐵道汽車午后一時九分達伊豆山僑居相模屋（サガミヤ）（旅館名）

輕便鐵道蜿蜒山腹上接層巖下臨滄海自小田原至伊豆山皆山也道經湯河原有人家數百餘戶湯河入海處也伊豆山層峰聳峙東臨太平洋有人家數十依山而居温泉溢於其山之麓旅館在焉温泉浴地清潔而廣可容人數十泉透明無臭無味外構湯瀧三浴後以身承之由足而頂則周身血脈皆振動矣又設海水溫浴養病之良所也

明日兩院議員旅日本者會於東京餞仲秋託其代表我也

貧富無定勢田宅無定主　袁君載

九月三十日（乙卯年八月二十三日甲子）木曜日（即星期四）

提要

（交際）

（通信）

（氣候）（溫度）

儉以養廉可以立身儉以善施可以濟人　徐除齋

十月三日（乙卯年八月二十五日丁卯）日曜日（即星期日）

提要（交際）

自伊豆山還來京

錫卿不見見紹尊

（通信）

得四弟九月十日發（八月二日）書 九月廿六日到

得田兒八月廿七日發瑞書 九月廿八日到 同兒（信期）殷

得子春殷 九月廿七日發 復兒於康殷

（氣候）

（溫度）

十月四日（乙卯年八月二十六日戊辰）　月曜日（即星期一）

常常將事業順序而整頓之是爲時日之最妙法也　哥斯

提要（交際）

（通信）

得玉章啟　八月廿一日

（氣候）（溫度）

一念之差一言之差一事之差有因而喪身亡家者　高景逸

十月九日（乙卯年九月初一日癸酉西正淤路）土曜日（即星期六）

提要

（交際）

（通信）

（氣候）（溫度）

與君子游如長日加益而不自知也　仲子

十月十日（乙卯年九月初二日甲戌）·

日曜日（即星期日）

提要

（交際）

赴横濱國慶會

子春函附列五事略緒初[illegible]所作也

（通信）

得叔寶子春啟　五日發

得凌漢周啟

（氣候）

（溫度）

用人之知去其詐用人之勇去其貪　張楊園

十月十一日（乙卯年九月初三日乙亥）　月曜日（即星期一）

提要	
（交際）	
（通信）	收漢門
（氣候）	（溫度）

錫卿復初皆規我曰與人計事而語言前近于訶斥大非所宜即如今日之對鐵樵是也云云

匯書而言屬附生焉　明仁孝文皇后

十月十二日（乙卯年九月初四日丙子）火曜日（即星期二）

提要（交際）

田兄欲入當门化学工業学校，每年須費二千七百佛也，来函請款，將何以應之

（通信）

得田兄書 八月十二日 已恭發 及江丹 九月三日發

（氣候）（温度）

十月十三日（乙卯年九月初五日丁丑）水曜日（即星期三）

人有求於我如不能應當直告以故　申涵光

提要

（交際）

（通信）

（氣候）（溫度）

凡處事須視小如大又須視大如小　陸桴亭

十月十四日（乙卯年九月初六日戊寅）　木曜日（即星期四）

提要（交際）	
紹尊叔癡還國	
英士未訪將還國也	

（通信）

（氣候）（溫度）

十月十五日（乙卯年九月初七日己卯）　金曜日（即星期五）

節食優於附師之診治　英諺

提要
（交際）
（通信）
（氣候）（溫度）

愛子若教勝於愛則愛可用　陳辰赤

十月十六日（乙卯年九月初八日庚辰）　土曜日（即星期六）

提要

交際

叶田兄學事啟佩年為我假款千元

通信

啟佩年

氣候

溫度

經驗爲才智之父記憶爲才智之母　英諺

十月十七日（乙卯年九月初九日辛巳）　日曜日（即星期日）

提要

（交際）

家中無事四川已飭捕王葥一也

（通信）

得四弟緘發八月廿二日

（氣候）（溫度）

學以立名問則廣智　孟子母

十月十八日（乙卯年九月初十日壬午）　月曜日（即星期一）

提要

（交際）

（通信）

（氣候）（溫度）

十月十九日（乙卯年九月十一日癸未） 火曜日（即星期二）

提要

（交際）

病未愈，遷入青山帝國腦病院

（通信）

（氣候）（溫度）

吾輩於貨利兩而打不透便無語可說　朱晦庵

十月二十日（乙卯年九月十二日甲申）　水曜日（即星期三）

提要

（交際）

（通信）

（氣候）（溫度）

十月二十五日（乙卯年九月十七日己丑）　月曜日（即星期一）

提要（交際）

大雨　雲樓以源伯陵來病院　中山先召赴其邸　兹得款三萬元　將以計川滇黔之事
海外款數候不至　幸得某國人以款託中山轉交　遂挪用之　以大事而損信用　中山謂開無法也

（通信）

（氣候）（溫度）

十月二十六日（乙卯年九月十八日庚寅） 火曜日（即星期二）

獨行不愧影　獨寢不愧衾　蔡元定

提要：以事遷出病院。午前已冒雨訪瑄伯、錫卿、叶蜀事。

交際：

通信：

氣候：

溫度：

十月二十七日（乙卯年九月十九日辛卯） 水曜日（即星期三）

提要（交際）

錫卿別中山決明日行

晚邀滬伯並送錫卿赴由白

（通信）

得子春書

（氣候）（溫度）

胸中無學術　手中無錢　論衡

十月二十八日（乙卯年九月二十日壬辰）　木曜日（即星期四）

提要（交際）

今日得欵百事粗备锡卿行矣午后四時發東京驛｜余与滬

公愿致探者遂未送也

田兄書言能假得二百佛者始得入化学専门学校而入校期剛

来月二日也且須我有欵續匯惟匯至十二月及来年一月之交

匯到亦可云云吾計在滋恐難告貸不此校所失尤巨遂求孫

夜往騐安舜卿以四川名義貸四百元携来日電匯已發也

舜卿假四百元予我

通信

得田兄書　九月十四日發

氣候（温度）

十月二十九日（乙卯年九月二十一日癸巳）金曜日（即星期五）

提要

（交際）

（通信）

得叔雅兩書　叔寶一書

電田兄

（氣候）

（溫度）

託趙精五匯法幣三百作兩宅報費已耗去百數十作也共用日幣百五十元 由中央郵局

修身莫切於謹言行　明仁孝文皇后

十月三十日（乙卯年九月二十二日甲午）　土曜日（即星期六）

提要（交際）

過滬伯

燮卿晚來言事

（通信）

啟予春秋賀錫卿叔璇

得叔璇牍廿六日發

以方略寄錫卿

（氣候）（溫度）

明者遠見於未萌智者避危於無形　司馬相如

十月三十一日（乙卯年九月二十三日乙未）　日曜日（即星期日）

提要（交際）

癸卯親來　丹書來

袁世凱欲稱帝日本乃聯英露俄發勸告書干涉之令勿急進

誠事之失態顧大老賊將何以處之

（通信）

寄田兒書并戚瑞書

（氣候）

（溫度）

經營多事之捷法一時治一事是耳 意附特

提要（交際）

遝洛伯

囑四弟每月奉二千錢於諸姑

吾母今年六十壽小子未歸世風亦壞商於吾弟勿張壽筵

待小子還家後再舉之也囑請命於母定之

（通信）

寄四弟書

（氣候）（溫度）

十一月一日（乙卯年九月二十四日丙申）　月曜日（即星期一）

酒之溺人甚於海　撒伊拉士

十一月二日（乙卯年九月二十五日丁酉）火曜日（即星期二）

提要（交際）

香草師及佩年皆不能為我假歇境之所迫無强留也　看帷師画主

張招田兒麗國則宜熟審

（通信）

發英士及癡實

得香草師佩年啟

（氣候）

（溫度）

十一月三日（乙卯年九月二十六日戊戌）水曜日（即星期三）

饮清茹淡祛疾延龄　明仁孝文皇后

提要（交际）

（通信）

（气候）（温度）

赴中山家

敎子弟無他術使耳所聞者善言目所見者善行 李邦獻

十一月四日（乙卯年九月二十七日己亥）木曜日（卽星期四）

提要	
(交際)	
(通信)	
(氣候)	(溫度)
	六九〇四

灼三還國送之東京驛

訪王統一不遇留殷言吳大洲也

欲成非大當謙其微　明仁孝文皇后

十一月五日（乙卯年九月二十八日庚子）　金曜日（即星期五）

提要（交際）

英士來電已留上海招人還滬助之

整謀竟返日本

竹僧來

（通信）

（氣候）（溫度）

十一月六日（乙卯年九月二十九日辛丑）　土曜日（即星期六）

提要（交際）	
培謀叔來京欲辭其職	
田兒來報八月之匯款至十月七日尚未交到可怪也	

（通信）得田兒明片　十月七日發

（氣候）（溫度）

得意時不可作驕傲語失意時不可作憤激語　古諺

提要

(交際)

(通信)

復叔痕英士

(氣候)(温度)

十一月七日(乙卯年十月初一日壬寅)

日曜日(即星期日)

獨居之樂不如與他人共生活況在兄弟　梭格拉底

十一月八日（乙卯年十月初二日癸卯 亥初立冬）月曜日（即星期一）

提要（交際）

（通信）寄明片田兒

（氣候）（溫度）

講學當有實出而躬不逮之恥 廿樓齋

十一月九日(乙卯年十月初三日甲辰) 火曜日(即星期二)

提要

(交際)

昨夜夢還家拜見吾父親

(通信)

(氣候)(溫度)

十一月十日（乙卯年十月初四日乙巳） 水曜日（即星期三）

提要（交際）

不學無術闇於大理 漢書

飲竹山家

訪楊小宋、龍炳三。乞次兄自北京來

滌伯將行，偕拍像於大武寫真館，不消別獨拍一像，將以寄家，計於來月吾母生日可以寄到，庶幾又慰吾母也

是日日本明治大正天皇行即位大禮，國之人民喧闐歡謳，出門見之，不勝感喟

（通信）

（氣候）（溫度）

夜覺曉非　今悔昨失　顏之推

十一月十一日（乙卯年十月初五日丙午）　木曜日（即星期四）

提要（交際）

源伯還滬，送之，然不敢送之車站也。楊曉宋以還滬，送之車站，亦避人恐為偵者所見。

景梁返滬。

斧斯及尹縣三亮功來。

通信

長浚英士、浚施星諸子

氣候（溫度）

賢者不悲其身之死而憂其國之衰　蘇老泉

十一月十二日（乙卯年十月初六日丁未）　金曜日（即星期五）

提要（交際）

詣候逸楊老伯在鐵推樊卿西錢後於

訪湯萬雨

見叔癡寄潞伯書紹尊之議殆我斷棄於人情之外

通信

氣候（溫度）

要自考品行高下但看所親者何如人　中涵光

十一月十三日（乙卯年十月初七日戊申）　土曜日（即星期六）

提要（交際）

俊初還國送之上車壯士起行令人生感

贐物二百金係交俊初帶殷錫卿洪匪去也

通信

殷錫卿

（氣候）

（溫度）

無用之雄辯猶榆樹也高大而不實　英諺

十一月十四日（乙卯年十月初八日己酉）　日曜日（即星期日）

提要	
（交際）	李靜菴亦來京昨日到錫三不知我處假想錢想必寓處赴早稻田中國基督教青年會訪之靜菴乃偕其長公子來甚不容求刻也邀之到處紙譚夜送之歸
	諸課上任壽祺陳中孚姚揖五三人又與議甚教甚矣人心之無恥
（通信）	
（氣候）	
（溫度）	

十一月十五日（乙卯年十月初九日庚戌）　月曜日（即星期一）

寬大中要規矩　和緩中要果決　朱晦庵

提要

（交際）交際不雍於細，終釀橫決於鉅，尊見之

（通信）得育仁十日赤凝牋（十一日）
得午嵐上海牋

（氣候）　（溫度）

錫子雖決心前進，竟陷於難境矣，嗟夫

旌謀各飯

午嵐來書，深悔數月來詆毀錫卿之失

十一月十六日（乙卯年十月初十日辛亥）　火曜日（即星期二）

提要（交際）
静菴嘱函促李岳生還蜀因作牋交錫卿轉酌之
留日兩院國會議員聯友會今日聚於日比谷松本樓以溥泉自歐美還國道經日本也溥泉述歐洲各國對於袁政府情形暨美國對於袁氏帝制之態度嗟夫外人皆不直袁世凱矣國民將如何
觀日比谷公園消夜
晚作牋

通信
牋叔緩錫卿肖仁滄初及岳生
牋英士
牋滄伯

氣候	溫度

常以責人之心責己恕己之心恕人　范堯夫

十一月十七日（乙卯年十月十一日壬子）　水曜日（即星期三）

提要

（交際）

靜庵來介紹之入黨

徐宜介偕曉來

以旅伯到滬告雲楊寓址旅伯家館共人也

（通信）

得俊初自長崎來啟十五日

（氣候）

（溫度）

十一月十八日（乙卯年十月十二日癸丑）　木曜日（卽星期四）

勝怠怒如勝勤敵稽羅

（氣候）	（溫度）
晴	五三、○四

（通信）
得叔庭子春啓庸䀹
發叔庭子春叔實

（交際）提要
啓庸以母病蹙額
叔實以伯舅之故竟病可念也馳書慰之

勿作心上過不去之事　勿萌事上行不去之心　吳康齋

十一月十九日（乙卯年十月十三日甲寅）　金曜日（即星期五）

提要（交際）

過滬伯家慰其老人　又過潛廬与吳吳山夏明傑譚話

林徐宣來

寫真館送像片過遲由今日寄家計程距吾母生辰僅廿五日不識能否於家人拜祝時交到也

（通信）

寄四弟書并呈像片於母

（氣候）晴

（溫度）五九〇九

十一月二十日（乙卯年十月十四日乙卯）　土曜日（即星期六）

惡偽可治　惡名不可治　英諺

提要（交際）

吳大洲約來日飲酒

赴中山家茶話

通信

得謝兆南書

氣候

朝寒氣

溫度

匪禮而動邪僻焉形　明仁孝文皇后

十二月二十一日（乙卯年十月十五日丙辰）

日曜日（即星期日）

提要

（交際）

静安来

（通信）

（氣候）（溫度）

多言不可與遠謀多動不可與久處　王通

十一月二十二日（乙卯年十月十六日丁巳）　月曜日（即星期一）

提要

（交際）

（通信）

（氣候）（溫度）

十一月二十三日（乙卯年十月十七日戊午 西正小雪）火曜日（即星期二）

忠難雖不能介人富然能介人貧 英諺

提要

夜過早稻田訪李靜庵

（交際）

（通信）

（氣候）（溫度）

十一月二十四日（乙卯年十月十八日己未） 水曜日（即星期三）

提要

（交際）

（通信）

得田兄京[illegible]十月廿日

（氣候）（溫度）

餞吳君於兆工廠還家已夜深十一时矣

十一月二十五日（乙卯年十月十九日庚申） 木曜日（即星期四）

盛喜中不許人物 盛怒中不答人簡 俗諺

提要	交際	通信	氣候	溫度
陳榮出言不遜斥之 燮卿夜來商同居也 午嵐來書悔向者已失冀之 俊初不以伯常与熊但俱爲然吾贊其議		得易俊初發報之 發香草師佩年友午嵐 發英士		五三、〇八

小過不改大惡形焉　明仁孝文皇后

十一月二十六日（乙卯年十月二十日辛酉）金曜日（即星期五）

提要

（交際）

（通信）

（氣候）晴

（溫度）五七、〇〇

治事一日

憂國者不謀身　周人者不私己　李邦獻

十一月二十七日（乙卯年十月二十一日壬戌）　土曜日（即星期六）

提要（交際）

燮卿退回籍還滬

晚得子春箋錫卿資盡至廿二日猶未行也未審錫卿處事竟若是而叔癡也

晚標榜公道亦此事之障也　主箋

致中山家

（通信）

得子春箋　廿二日發

發子春瑨伯　未挂号

（氣候）　晴

（溫度）　五七、〇五

克己自不作物始維信南

十一月二十八日（乙卯年十月二十二日癸亥）　日曜日（星期日）

提要（交际）

浏览法学通论

荔田儿幼稚花更易学校

（通信）

寄田儿书

（气候） 晴

（温度） 六四、〇〇

放不可長欲不可從志不可滿樂不可極　禮記

十一月二十九日（乙卯年十月二十三日甲子）月曜日（即星期一）

提要（交際）

今日新聞稱日本政府以命令令印度革命黨員ハランバ、エル、ガプタ（三十歳）ピー、エヌ、タクール（三十歳）兩人退去日本限十二月二日離東京也

四弟來書吾母幸健家事亦略整惟吾妻病寒熱雖愈而耳鳴未效

汪兆銘將來東京做生[illegible]也

（通信）

得源伯叔疏書（廿三日）

得四弟書（十一月七日 信十月一日）

得復生書

寄四弟及大女書

（氣候）（溫度）

天下之最可貴者無如時日天下之最奢侈者無如浪費時日　刊選特

十一月三十日（乙卯年十月二十四日乙丑）火曜日（即星期二）

提要（交際）

赴磨房抱一家与余族語談也

治事

又張海濤之屋訴朱指謀

（通信）

發周應时

（氣候） 晴

（溫度） 五四·〇二

甜酸苦辣宜背偏是不好惡總由人　陳辰亦

十二月十一日（乙卯年十月二十五日丙寅）水曜日（即星期三）

提要（交際）

世兄已改餘農業校，決定盡二年之力求本業，我得其書甚喜，益庶幾能寄其北業也。

子春促款經售北事。

靜安以假期回籍過杭，杈假以三十金，而靜之人言時數日其子苍能父子不能强以同也。

（通信）

得世兄明片（十月廿四日發遞信）

得子春函（十月廿七日）

得李圻庵函

（氣候） 晴

（溫度）

十二月二日(乙卯年十月二十六日丁卯) 木曜日(卽星期四)

提要(交際)

夜寒甚不成寐
偕抱一相宅

(通信)

復美士滬伯叔疵子春次初

(氣候)(溫度)

十二月三日（乙卯年十月二十七日戊辰）金曜日（即星期五）

提要（交際）	通信	氣候	温度
赴中山家視電朗五日舉大事也		陰	四九、〇三

不困在於早歲不適在於早豫說苑

責己者可以成人之善責人者適以長己之惡　許平仲

十二月四日（乙卯年十月二十八日己巳）　土曜日（即星期六）

提要（交際）	通信	氣候	溫度
	復內姪視能 復田兒稟十二月二日	晴	

田兒已入農校來書縱論時事頗中肯綮文識皆有進境又作祖母六十壽祝文立言得體文雖不佳然吾母見之必減憂也

朋友不可輕率交之不可輕率棄之　校倫

提要

（交際）

今日為上海舉事期，會靜以待消息也。

（通信）

寄田兒書
寄吳士諾伯子春聯

（氣候）晴

（溫度）五三、〇六

十二月五日（乙卯年十月二十九日庚午）

日曜日（即星期日）

十二月六日（乙卯年十月三十日辛未）　月曜日（即星期一）

提要（交際）	（通信）	（氣候）（溫度）

日本新聞昨日革命軍起於上海軍艦肇和開砲助戰自五時下午三十分始進攻製造局龍華火藥庫今日正午號外稱製造局火藥庫皆為我軍佔領已進攻上海縣城云云然本部未得電報也各新聞既揭載其事新聞記者陸續來本部探訪而黨員之探消息探歸報者亦紛至也

處逆境行善易 處順境行善難 路修夸

十二月七日（乙卯年十一月初一日壬申） 火曜日（即星期二）

提要	
交際	
通信	得滄生書
氣候（溫度）	五一.〇六

昨日掀拒夜反不成，鮮晨起亟檢言，聞則我軍敗矣，陳和中彈燬，造局復為敵奪，蓋至昨日午后敵人包圍我軍之計畫竟告成功，我軍力小不能勝也。

中山先生出上海電報，如有巨資猶可為也。戰事之詳丁人傑來日本報告云。

得滄生書，汪精衛不來而渠亦赴法國。

靜安來未言事也。

十二月八日（乙卯年十一月初二日癸酉 大雪 未初）水曜日（即星期三）

提要（交際）

錫卿猶未行而期四日四日内必不能發可豫言也蕊舫丹已赴新加坡
其波竹軒偕前進後初偕子玉行伯常則与錫帆俱
再進中山家皆不遇過覺生則盡室外遊矣
明少貞名星辰滇之騰越人也其家距騰越治里許而以書命其留東兩様
制初少武執弟子禮於我年未既竟學業又傳於修養以去自治尚
缺如也安敢南面為人師資固謝制初少武也

（通信）

得浚初書　三日上海
得明少貞書

（氣候）

（溫度）

四六、〇六

十二月九日（乙卯年十一月初三日甲戌）木曜日（即星期四）

浮躁之氣足以敗事　胡氏弟子箴言

提要（交際）

執中山家　遇竹愷

遇靜江於原宿

（通信）

寄英士賤

（氣候）（溫度）

五〇、〇九

善人者不善人之師不善人者善人之資　老聃

十二月十日（乙卯年十一月初四日乙亥）金曜日（即星期五）

提要

（交際）

（通信）

（氣候）（溫度）

廣積聚者遺子孫以禍害多聲色者殘性命以斧斤　邦李獻

十二月十一日（乙卯年十一月初五日丙子）　土曜日（即星期六）

提要

（交際）

（通信）

（氣候）

（溫度）五六〇〇

陰曆庚戌年 民國紀元前二年 今日夜半吾母以思吾父及不肖致疾之時也

丁景梁周聽才 梧梁之弟 以五日由山法領事放逐來日偕叔秋返之

十二月十三日（乙卯年十一月初六日丁丑） 日曜日（即星期日）

提要（交際）	通信	氣候（溫度）

吾母誕生九日也而見背已五年矣嘗拜別吾母丁未年十一月十三日則至今閱八期矣悲夫

女僕病不能動遂食於事務所

夜過楊哲伯不值遂赴潛廬與吳山鐵推明儒談

德宣夜來譚石屏將來東京其行也意有所挟也

衽席之上飲食之間而不知爲之戒焉過也 莊周

十二月十三日（乙卯年十一月初七日戊寅） 月曜日（即星期一）

提要（交際）

通（信）
得滄伯叔癡書 七日

氣候（溫度）

午後赴中山家夜級秋景梁來

滄書頗有不推之概越屋而逃露坐竟夜事之不敵閩人諜也

癡書謂香草師為毀家紓國之言欲五百金以倡也五日之事功虧一簣耳

周予謹偕其弟周予治來東京欲見我言北方事今日進文治見之文治極辯陷我之獄皆政府構之彼兄予覺及其姊予謹實未為偵探也而其異母姊戴寡婦實欲并其兄妹而害之云云噫異矣

錫卿又有七日離滬之說然所貸五千元且復齎怒不須前進矣

不勤學則無以爲智 不勤教則無以爲仁 太平御覽

十二月十四日（乙卯年十一月初八日己卯） 火曜日（即星期二）

提要

（交際）

（通信）

（氣候）（溫度）

雲樓今日還國將後來也

勤勉遣光陰光陰爲黃金 亞維南特

十二月十五日（乙卯年十一月初九日庚辰） 水曜日（即星期三）

提要（交際）

（通信）得子春牋十一日

（氣候）（溫度）

本生父見背十六周年矣處居而小子匪但不能祭祀無以副在天之然靈而反爲宵小毆辱幾殞其生不孝之至也

午前九時四十分黔之貞豐人徐昌侯向予索款不遂竟暗以杖擊傷我囟門部深達骨膜血流如注遂入野崎病院縛徐昌侯付之日本警察

省吾病者皆至休戚相關頗感激之也中山先生亦來

一縷之帛出工女之勤 一粒之粟出農夫之勞 明仁孝文皇后

十二月十六日（乙卯年十一月初十日辛巳） 木曜日（即星期四）

提要

（交際）

（通信）

得四弟牋十二月廿三日

（氣候）（溫度）

十二月十七日（乙卯年十一月十一日壬午）　金曜日（即星期五）

學而不已闔棺乃止　韓詩外傳

提要

交際

通信

氣候　溫度

吾母見背五週年矣，食眠不若在病院，設吾母尚存，知不孝病者其倉皇當何如，烏乎！幽母

提要

（交際）

（通信）

得叔庭牋　金陵七日

（氣候）（溫度）

十二月十九日（乙卯年十一月十三日甲申） **日曜日**（即星期日）

防患人難於防火　備誡

（提要）

（交際）

（通信）

得午嵐牋　自安南河内十一月三十日

（氣候）（溫度）

自滿者敗　自立者愚　自賊者忍　李邦獻

提要

（交際）

（通信）

得周朋如駿十三日函　名瑄

得滬伯駿十四日

（氣候）（溫度）

十二月二十一日（乙卯年十一月十五日丙戌）　火曜日（即星期二）

致富之難在最初所積之萬金　藍士他

提要	
（交際）	
（通信）	得復初戌十五日
（氣候）	
（溫度）	

安樂有致死之道 憂患爲養生之木 李邦獻

提要

(交際)

(通信)

(氣候)(溫度)

十二月二十三日（乙卯年十一月十七日戊子）（即西历一九一五年）木曜日（即星期四）

勤必由道内必由信　明仁孝文皇后

提要（交际）

午后退出病院伤风小咳

（通信）

（气候）（温度）

提要

（交際）

赴警察澁谷分署又赴中山家因風邪咳大作

（通信）

（氣候）（溫度）

以時世妝自炫者裁縫匠之玩物　英諺

提要

（交際）

（通信）

（氣候）（溫度）

十二月二十五日（乙卯年十一月十九日庚寅）土曜日（即星期六）

提要（交際）	
吾父見背四週年矣陽曆而不孝然若忘之在天之靈必加大譴	
新聞揭雲南舉兵	

（通信）

（氣候）（溫度）

十二月二十七日（乙卯年十一月二十一日壬辰）月曜日（即星期一）

否者禍福之門也　老聃

提要（交際）

（通信）

（氣候）（溫度）

好稱人惡人亦道其惡好憎人者亦爲人所憎　說苑

提要
雲南舉兵事至今日始確

（交際）

（通信）

（氣候）（溫度）

以責人之心責己則寡過以恕己之心恕人則全交　林和靖

十二月二十九日（乙卯年十一月二十三日甲午）水曜日（即星期三）

提要

（交際）

午后赴中山家見王秉璋、樞、蓋、職、霞生執信

（通信）

（氣候）（溫度）

游素發性齋藤伐德　明仁孝文皇后

十二月三十日（乙卯年十一月二十四日乙未）木曜日（即星期四）

提要（交際）

徐軒灼三晚未議由滇還蜀
赴中山家

（通信）

寄英士滬伯叔鼎叔寅
汲孫子春收
得汲初收廿四日

（氣候）（溫度）

立身行道揚名於後世以顯父母孝之終也　孝經

十二月三十一日（乙卯年十一月二十五日丙申）金曜日（即星期五）

提要

交際

訪劉世鈞於代々木還時過中山家
夜飯事務所十二時始還寓
一年又終之過去趣較去年今日差快以云南方有事也

通信

氣候　溫度

一九一五年

計刷

盤錦加病院目薬方

一、毎日三次点眼者

硫酸亜鉛 〇、〇五

硼酸水 二〇

アドレナリン 5滴

蒸餾水 10、0

二、一日数次点眼者

醋酸 2–3滴

蒸餾水 10、0

右係苏懐時用之

姓名錄

姓名	字號	住址及寄信地方	履歷及雜記
肖子敬	志仁	永州寧遠	
謝代惇	良翰	瀏陽	
龐君勁	勵修	郴州	
李錫疇		彰化	
林德軒		石門	
源石屏		新化	
謝介生		同	

姓名録

姓名	字號	住址及寄信地方	履歷及雜記

往來要信表

往補來要信表

來信	來處	何人	來信	來處	何人	去信	去處	何人	去信	去處	何人
一月廿日	法比瑞	田兒	五月三日	重慶	雪壓	十六年十一月廿二日	家中	四弟 大女	四月三日	家中	四弟
〇月日	同	法比瑞士	一月四日	法 三月廿三日	田兒	十五年十一月廿七日		四弟	四月六日	法國	田兒
一月十日	雷州	四弟	五月八日	家 五月二十七日	四弟	同月同日		仲訛	一月十五日	家中	四弟
十六年十一月廿四日		雪壓	一月廿四日	鹽江 四月一日	四弟	十六年十一月四日	法國	田兒	四月十六日	〃	四弟
二月十日	法國	田兒 法二號	一月一日	家 二月六日	虞翁	十六年十一月六日		雪壓	一月一日	〃	大女
三月十日		田兒 法號	一月六日	法 三月五日	田兒	一月卅日		四弟	一月一日	成都	裕甫
三月十日		田兒 法號	五月十六日	家 四月廿五日	大女	二月廿六日		雪壓	一月六日	重慶	宋姑
三月十七日	隨十二日	四弟	月日	〃	仲言	一月廿日	法國	田兒	五月六日	法 來二次	田兒
月日	未發	七妹	五月廿二日	重慶	雪壓	二月廿二日	家中	四弟	五月廿六日		四弟
月日		大女	月廿二日	成都	四弟	月日	法	田兒	月十八日		大女
月日		仲枕	月日	家 三月十二日	五弟	二月廿五日		雪壓	月六日		仲言
月日		仲言	月日	家 同	七妹	三月九日	寄保定	田兒	五月廿二日	重慶	雪壓
四月十八日	自三月十日	四弟	五月廿六日	家 三月廿四日	四弟	三月十二日	自流井	四弟	五月廿四日	家	四弟
一月八日	十七日發	大女	六月五日	家 五月十七日	仲枕	同月同日		東淳	五月日	—	—
一月十日	三月廿五日 倉二月七日	四弟	六月一日	法 五月二十五日 附片	田兒	四月二日	重慶	仲枕	六月五日	法 五月三日 羅叔	田兒

往來要信表

來信	來處	何人	來信	來處	何人	去信	去處	何人	去信	去處	何人
六月十五日	家（陝甘 六月[illegible]）	四弟	十二月一日	法（十月[illegible]）	田兒	六月十[illegible]日	家	四弟	十二月一日	家	四弟
六月廿六日	家（六月三日、四月十二日）	四弟	十二月四日	法（十一月三日）	田兒	月日		五弟	月八日	法	田兒
七月廿五日	家（六月廿五日）	四弟	月日			月日		大女	十二月初[illegible]日	家（附[illegible]）	四弟
七月廿五日	法（六月十五日）	田兒	月日			月日		仲翔	十二月廿[illegible]日	法	田兒
八月九日	家（七月廿五日）	四弟	月日			七月一日	法（[illegible]）	田兒	十二月廿[illegible]日	家	四弟
月十日	法（七月十五日）	田兒	月日			七月廿[illegible]日	家	四弟	十二月[illegible]日		大女
九月廿六日	家（八月七日）	四弟	月日			月日	重慶	雪琴	七月五日	法（附[illegible]）	田兒
月日		仲翔	月日			八月五日	法（[illegible]）	田兒	月日		
十月三日	家（九月十三日）	四弟	月日			月日	家	四弟	月日		
月日	法（八月廿七日）	田兒	月日			月日		大女	月日		
十月廿六日	家（十月一日）	四弟	月日			八月十日	法	田兒	月日		
十月廿[illegible]日	法（九月十四日）	田兒	月日			八月廿[illegible]日	家	四弟	月日		
十二月十[illegible]日	法（十一月[illegible]日）	田兒	月日			月日		仲翔	月日		
十二月廿[illegible]日	法（十一月廿日）	田兒	月日			十一月廿[illegible]日	法（[illegible]）	田兒	月日		
十二月廿[illegible]日	家（十一月廿七日、十一月五日）	四弟	月日			十二月卅日	家 法	田兒	月日		

一月

むつき

㊅（日曆）

初日の出	一日
書初、初荷	二日
元始祭	三日
政治始め	四日
新年宴會	五日
小かん	七日
七草粥	七日
八せん	十六日
土用	十八日
滿月 下後五時二十九分	二十日
大かん	廿一日
庚申	廿四日
甲子	廿八日

〔花〕福壽草、雪割草、寒牡丹、寒菊、水仙、早梅、萬年青、藪柑子、南天燭、せんりやう、温室ものにては匂ひすみれ、クローカス等

〔魚〕鯛、伊勢蝦、鰤、寒鮒、寒鯉、白魚・章魚、鮟鱇、まぐろ、鰤、牡蠣、數の子、昆布・海苔、蕪菜、芹、小松菜、ほうれん草、蜜柑、金柑、林檎等

〔遊〕熱海、小田原・大磯等の暖地は梅花既に綻ぶ・雪見は東京にては墨堤、待乳山、上野、愛宕山・綾瀬の上流・京都には圓山、嵐山・大阪にては高津 中の島等

〔戯〕歌留多、双六、追羽子、紙鳶等は兒童が唯一の娯樂にして試筆の潑墨に雅情を遣り小座敷の爐邊に抹茶の風味を賞するは大人が新春にての風雅なる趣味なるべし

二

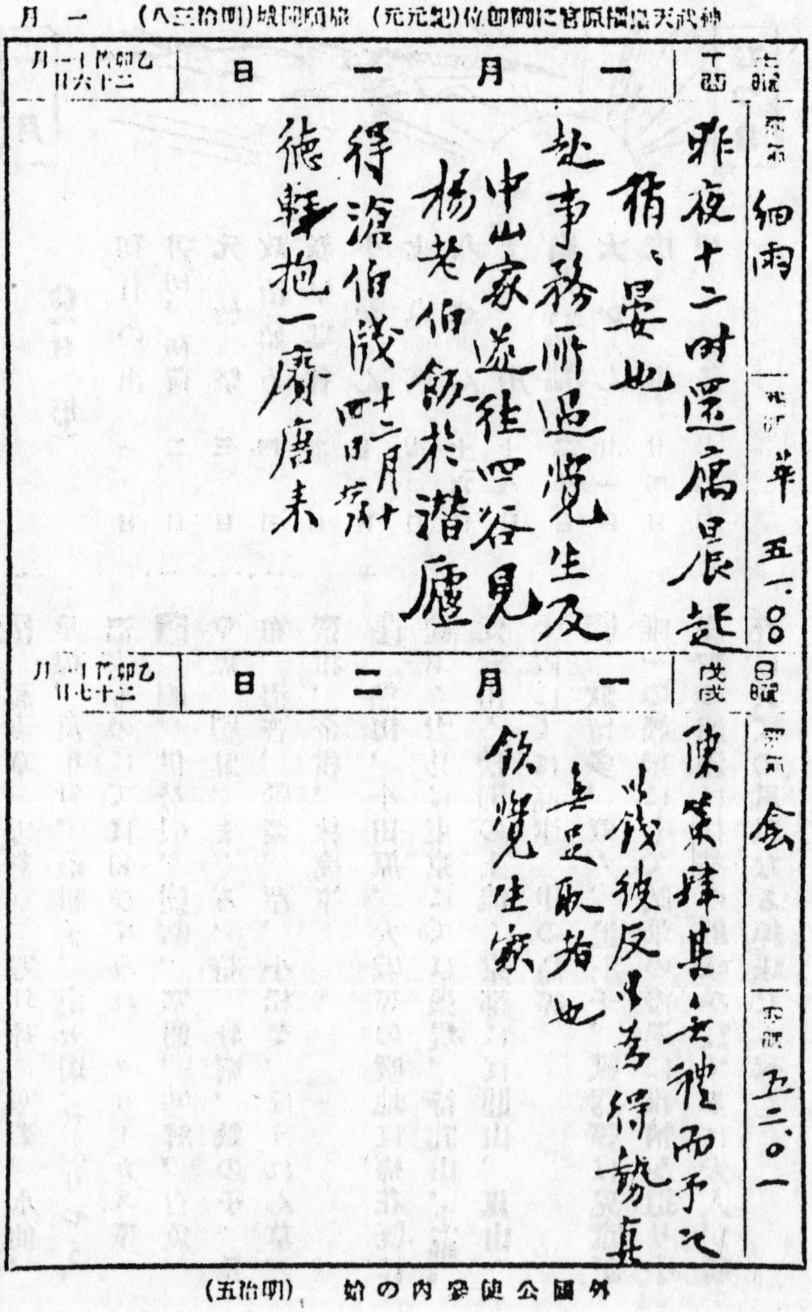

一月一日　細雨

昨夜十二时還寓晨起稍々晏也赴事務所過覺生及中山家遂往四谷見楊老伯飲於潜廬得滄伯箴十二月十四日發德軒抱一膺唐来

一月二日　陰

陳某肆其無禮而予之以義彼反以為得勢真無足取拍也飲覺生家

一九一六年

元始祭

一月三日　月曜　己亥　乙卯年十一月二十八日

陰　五〇、〇九

燮卿自上海返日本廿九夜發
得滄伯叔擬叔實復初書
皆以我被擧爲会叔擬
復初以各種書籍贈我
得通一廿二日通一任民信
日報事
赴中山宗汁事夜十一時
始還寓
靜庵及王佘來

一月四日　火曜　庚子　乙卯年十一月二十九日

晴　五七〇九

得四弟書舊曆十一月七日發
木肖之影片共舊十一
月六日寄到當順吾弟
之送深家吾母之喜何
知也田兒祝壽書亦
已到七日有客四十人

一月　楠正行四條畷に戦死す（正平三）

一月五日	水曜 辛丑
乙卯 十二月卅日	新年宴會

一月六日 木曜 壬寅
乙卯 十二月二日

守四弟書，戒其慎言
媵叔、癡濬、伯子、春陔、和鄉、邗
佑尊、叔寅、雲樵

四三〇二

（明治三八）　旅順開城規約に調印す

金曜 癸卯	一月七日	乙卯舊十二月三日
天氣 晴 寒暖 四六〇四	晚訪佛肩 過早稲田青年會不 遇一人也 夜領抱一廣唐寓 得午山嵐演堀勝以 黃濱秉一道永寧告 我時十二月十八日也 為三告我曰傅真如諸 人十九日歸河内	
土曜 甲辰	一月八日	乙卯舊十二月四日
天氣 寒暖 五五〇四	鄭郊雨若來且合午 餐雨君習農業 今年三月畢業未 能耐苦同於日本 學生者以雨君為然 云 寄英士、括謀、景梁書	

六

小學生徒の學齡を滿六歲よりとす（明治八）始めて觀兵式を行ふ（同五）

ナポレオン三世崩ず（一八七三）　月

一月九日　日曜　乙巳　乙卯旧十二月五日

晴雨　夜微雨

寒暖　五八〇三

寄英士大洲書

黄君白飲於之昌雨訪德軒

鄧仲元自南洋帰英政府殊可恨蓋欲加妨害於吾党雖阻織之交通亦遭壓抑云

一月十日　月曜　丙午　乙卯旧十二月六日

晴雨　陰

寒暖　六〇〇六

得源伯織五日發内坿

竹軒自滇来書十二月十六日

頗詳滇事

得彭而遜緘

飲於神田

七

太陽暦公布年を三百六十五日と定む（明治六）

火曜　丁未　一月十一日　乙卯舊十二月七日

得叔寵牋，山口

得劉伴翁書，已前進

去函囑守秘密也

昨日亮功來，商歸計

今日往探炳三，甚窘

未決，殊苦也

水曜　戊申　一月十二日　乙卯舊十二月八日

得李武漢口匯來款

三千五（一萬言）

治酒與友人飲之

中宵始升天

一月十三日	乙卯舊十二月九日
天氣	晴
寒暖	四三〇九

寄英士哲謀書詢哲謀以唐業椎事
過四谷
軍司部萬君還隠
偕任傚天以中山家

一月十四日	乙卯舊十二月十日
天氣	陰
寒暖	五〇〇〇

粥酒島山仰兆南地伯
此下瑞子卅着郎
得叡師書介紹慶伯
也由董慶伯轉来
故此得慶伯書

乃木大將凱旋（明治三九）　　始めて國會を開く（明治一五）

一月　明治天皇元服を加へ此日大政復古を各條約國に告ぐ（明治元）

土曜	辛亥	一月十五日	乙卯舊十二月十一日

天氣

寒暖

韓樹勛字博識黑龍江之呼蘭人士官騎兵卒業仇鰲楊丙林德軒宴之富士見軒求赴之

日曜	壬子	一月十六日	乙卯舊十二月十二日

天氣　晴

寒暖

訪濤泉再赴中山家項瘡劇夜睡不安賤滄伯

一七

伊東元帥薨す（大正三）

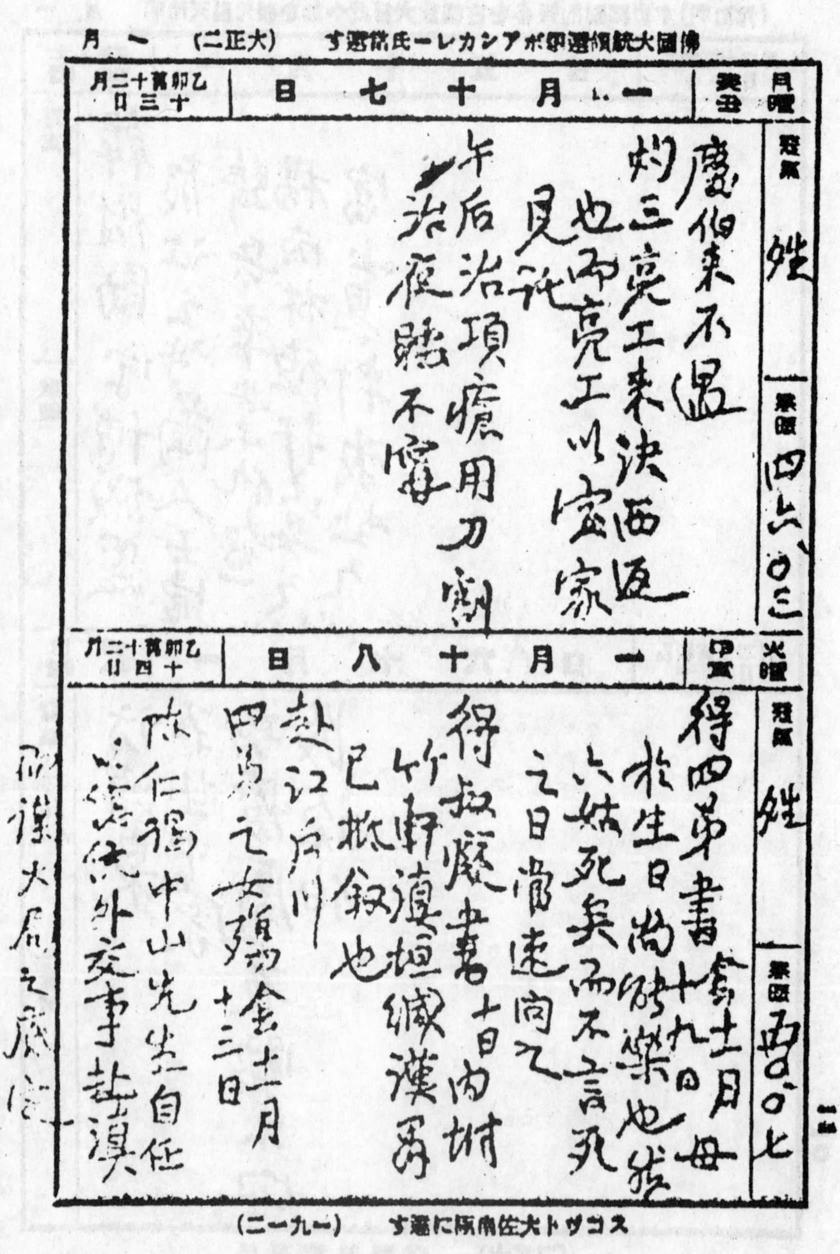

佛國大統領選擧ポアンカレー氏當選す　（大正二）一月

月曜 癸丑	一月十七日	乙卯舊十二月十三日

天氣 晴　寒暖 四六、〇三

慶伯來不遇
灼三、亮工來，決西返
也，而亮工以密家
見託
午后治項瘡，用刀割
治夜睡不寧

火曜 甲寅	一月十八日	乙卯舊十二月十四日

天氣 晴　寒暖 四四〇七

得四弟書，舊十一月母
於生日尚能樂也，然
六姑死矣，而不言及
之日，當遠向之
得叔巖書，十二日由[illegible]
竹軒復恒纖漢爾
已抵叙也
赴江户川
四弟之女殇，舊十一月
十三日
陈仁福中山先生自任
滬濱外交事赴漢
所謀大局之展佈

スコツト大佐南極に達す（一九一二）

一月十九日　水曜　乙卯　天氣 夕　寒暖 五三／八二

慶伯来辞上宿
涂道毅锡久
周道腴来
灼三朝来商小川了

一月二十日　木曜　丙辰　天氣　寒暖 五十四／八八

得裕伯书十四日
灼三虎功法区川令
日照之且与灼三计
定李小川行止
得子春書

三

一月　ルイ十六世断頭臺に命を殞す（一七九三）

金曜 丁酉	一月二十一日	乙卯 舊十二月十七日

姓

杨老伯台饮且饯灼
三小川也
饯梯名饮饯灼三衰
工也
践直一

土曜 戊戌	一月二十二日	乙卯 舊十二月十八日

亮工来别
饯叔瘢沧伯
饯饭师
读古诗

五八、〇一

一五

堀織部正を蝦夷地に遣し露西亜と境界を議す（安政元）

薩長土肥藩籍奉還を上奏す　（明治二）

日曜　一月二十三日　乙卯十二月十九日

天氣　七

寒暑

月曜　一月二十四日　乙卯十二月二十日

天氣　陰

寒暑

作愷以潞伯書交我内
卅有仁自河口緘言
滇事頗詳而不署
日

始めて郵便を東京大阪間に設く　（明治四）

一月二十五日　火曜　辛酉

乙卯年十二月二十一日

得叔癡兩牋 一月廿日 一月廿一日
岑雲階將來東京
鐵橋明來

五、〇〇七

一月二十六日　水曜　壬戌

乙卯年十二月二十二日

舊曆十二月廿二日也父母生
我四十年矣學也事功
也一無表見亡命異邦
三載而不能崛起事親
愛國既兩失之勉焉哉
樂養身待時而已
得仲執書 十二月廿八日作 一月四日付郵
故鄉與事家庭皆好
蓋尚不知雲南舉兵
也書中言七妹及大
一女婚姻事今兵起姑
緩可也

四五、〇三

木曜　癸亥　一月二十七日　乙卯十二月二十三日

天氣　晴

寒暖　五六〇七

晤英士
鄰仲允召飲
粵桂兩省竟出兵助袁賊
反覆可歎

金曜　甲子　一月二十八日　乙卯十二月二十四日

天氣　雪

寒暖　五二〇一

昨日無意中以我生日告
抱一於是祝我者治酒
飲我我心殊不安而又
不能卻敬我若如此
而我乃不自敬大有
隳落之狀真不堪
自慚愧者也抱一吳
山鐵樵余漢夏朗儒
黃　劉虞樊卿

一月二十九日 乙丑

得叔癡廿二日、叔實廿六日牋，言岑雲階事也。得四兒書十二月廿五日。欽灼三攝影以紀之。

姓	五〇〇五

一月三十日 丙寅

赴中山家，夜過鐵城。

姓	四八〇七

一七

二月　東京大阪間の長距離電話開通（明治三二）

火曜	二月一日	乙卯 舊十二月二十八日	

得眞吾、谷（?）吉甫、[illegible]一月六日[illegible]

水曜	二月二日	乙卯 舊十二月二十九日	

赴東京，晤[illegible]香草干
師不得往，蓋去[illegible]
也。並赴季陶家
，少居得香溪師長
崎[illegible]神戶電報
[illegible]四日當抵東京

佐賀の亂起る（明治七）　コッホ虎列拉菌の發見を公にす（一八八四）

支那日本間の海底に電信線を敷く（明治四）　　二月

乙卯十二月三十日	二月三日	木曜

香泮师来
四勿来
吾国中央观象台
以今日为元旦故於谈
与香泮师並車而得
师颇为感也
仲元季陶仲恺来
至久
中山先生来与师谈
得山父叔实笺

丙辰正月元日	二月四日	金曜

寒暖 五0.00

我水雷艇隊威海衛に於て清國鐵甲艦定遠を撃沈す（明治二八）

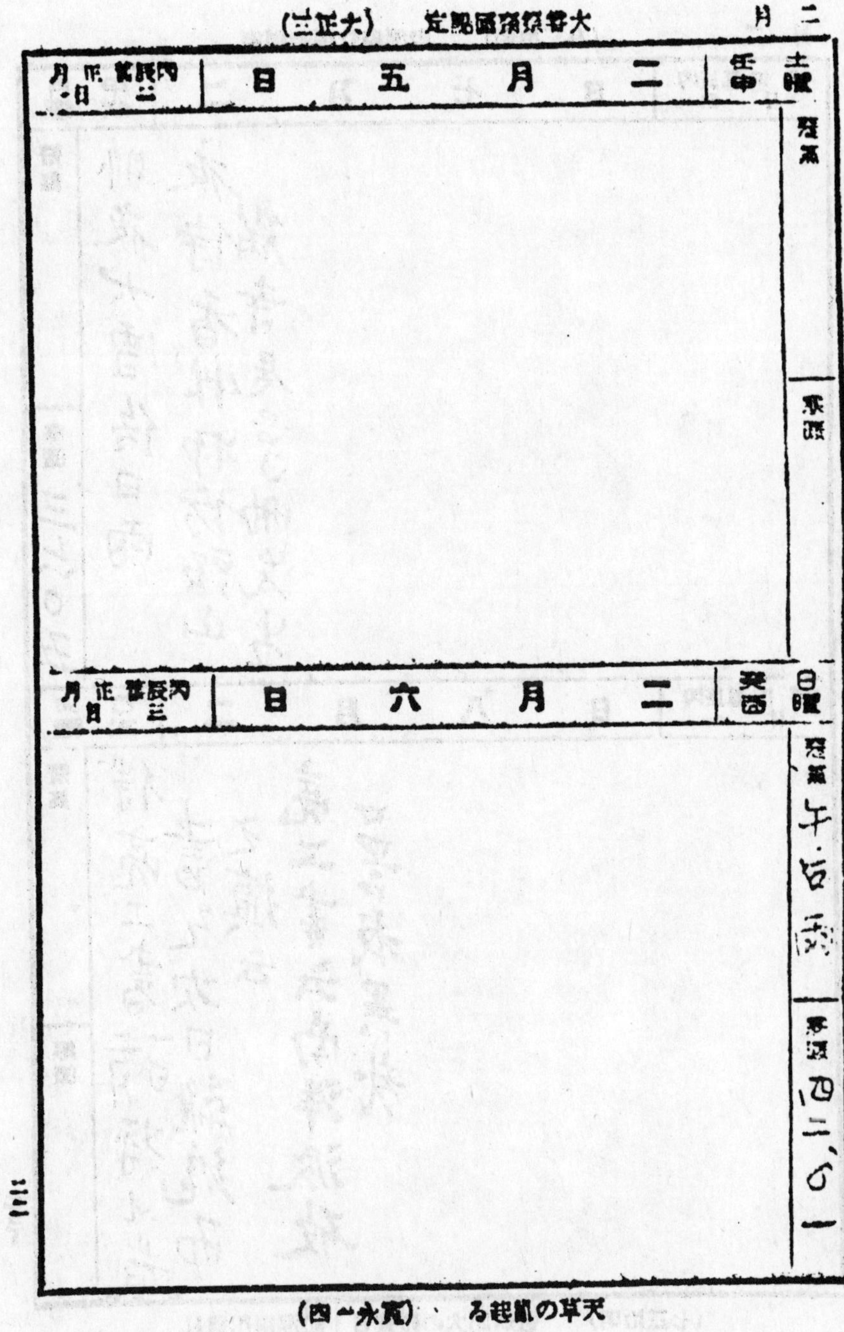
二月
土曜 壬申
二月五日
日曜 癸酉
二月六日
天草の亂起る (寛永一四)

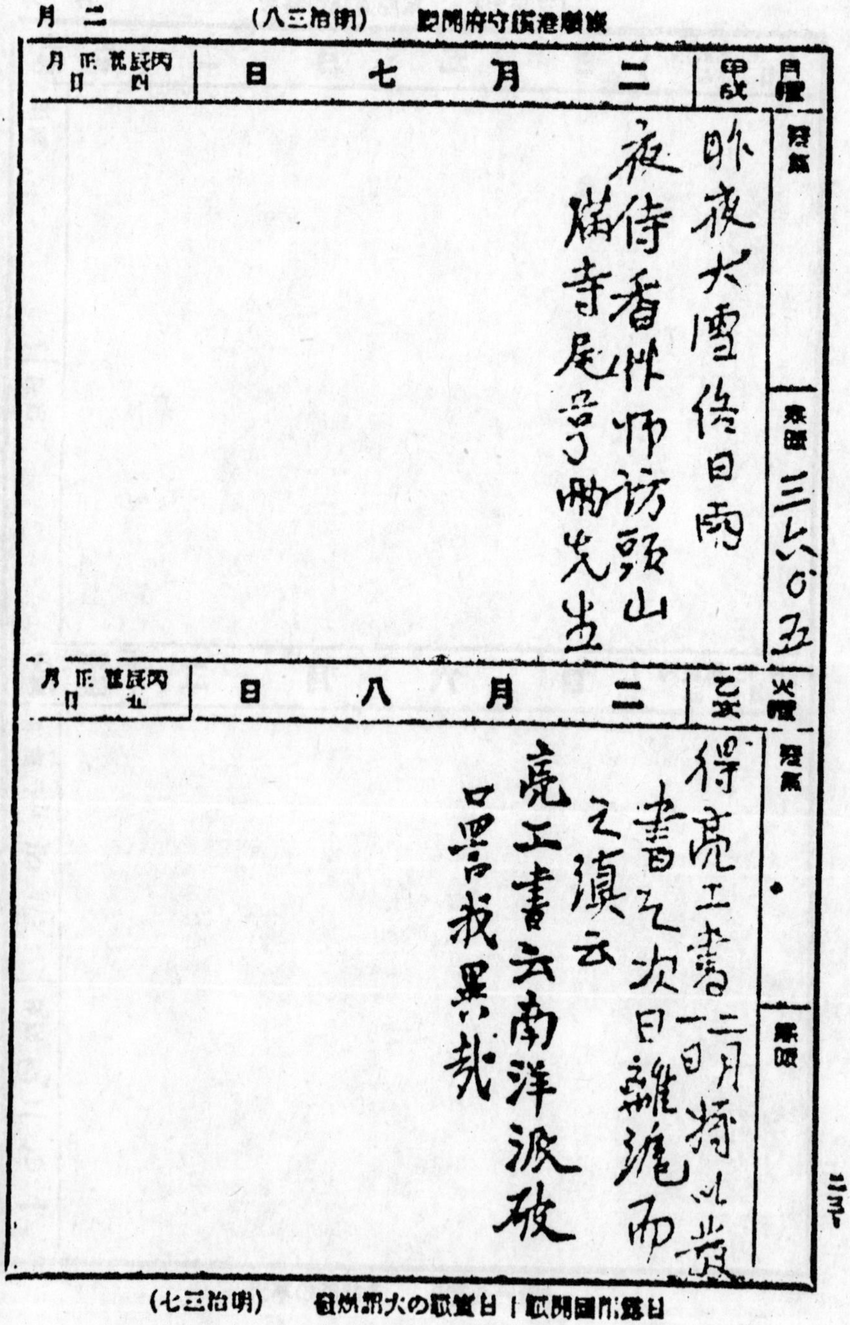

旅順港鎮守府開記　（明治三八）　二月

二月七日　甲戌　月曜　舊曆正月四日

昨夜大雪後日雨
夜侍香州仰訪頭山
滿寺尾亨兩先生

寒暖　三六〇五

二月八日　乙亥　火曜　舊曆正月五日

得亮工書二月一日擬以發
書乞次日離滬而
之滇云
亮工書云南洋派破
口罟我異哉

二十

日露開國開戰一日實戰の大部州徵　（明治三七）

二月九日　丙子　水曜

付元未
楊仲恒仇亦山約救
同若宴客寺尼夢
博之灰湘人唐若
張月樵劉建藩彭祖
復系華山兇人孫学
淵也

二月十日　丁丑　木曜

訪周道腴
侍師過中山家

丙

新非白不生る（明治三）

二月十一日

中山召飲

晚英士

二月十二日

得四弟書一月廿日尚不

知有戰事也者

晚子春寄匯票

集香草師蜀學之學

生攝影紀念

偕鄭仲完林一精養軒

日曜	庚辰	二月十三日	丙辰舊正月十日	
天氣				
寒暖				
月曜	辛巳	二月十四日	丙辰舊正月十一日	
天氣				訪岑西林
寒暖				

藤原時平左大臣となり菅原道眞右大臣となる（昌泰元）

一九一六年

二月　遊行寺の開山一遍上人生る（延應元）

火曜　壬午　二月十五日　舊正月十二日

天氣

寒暖

水曜　癸未　二月十六日　舊正月十三日

天氣

寒暖

日蓮上人生る（貞應元）　西行法師寂す……

月　威海衛占領（明治二十八）　伊太利の統一（一八六一）

二月十七日　甲申　木曜　丙辰 舊正月十四日

得滄伯書

二月十八日　乙酉　金曜　丙辰 舊正月十五日

得俊生書一月十日發由上
海轉来最使我神
昏若田兒窮极玉欲
冒險羅圍向公使館
索得四等船票一事

二八

屋島の戰（文治元）

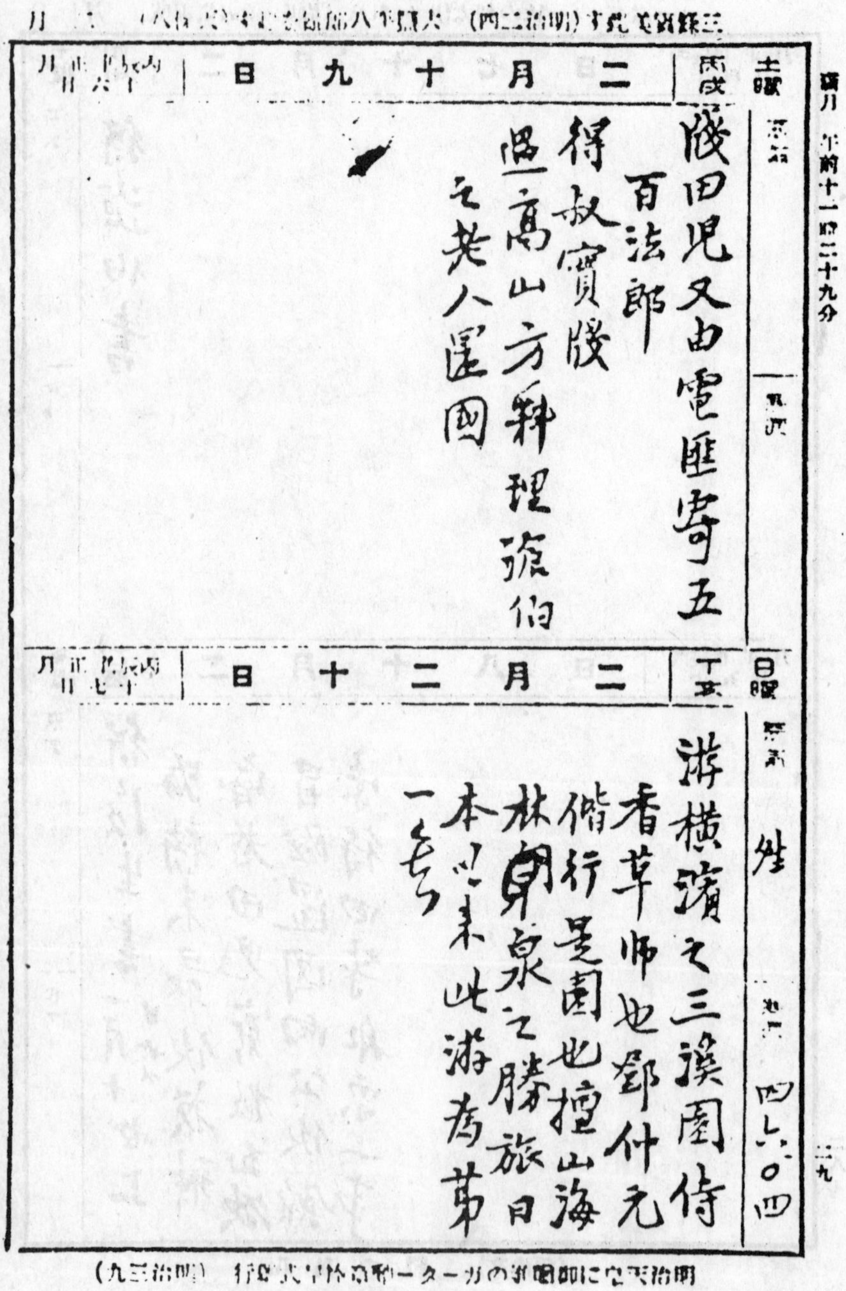
二月十九日 戊戌 土曜

幾田兒又由電匯寄五百法郎
得叔實牋
與高山方料理旅伯之老人匯國

二月二十日 丁亥 日曜

游橫濱之三溪園侍香草師也鄧什元偕行是園也控山海林泉之勝旅日本以來此游為第一矣

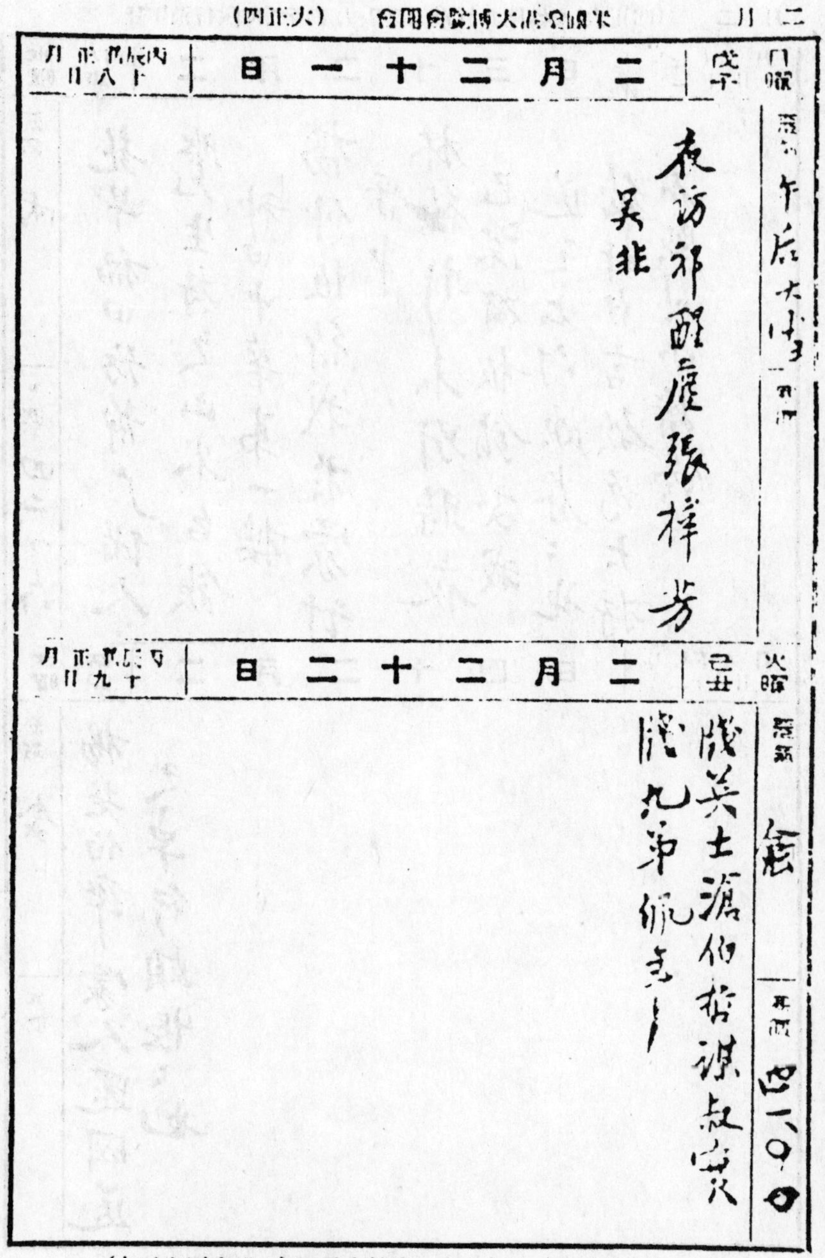

二月 米國記念大博覽會開會（大正四）

二月二十一日 日　戊辰　丙辰舊正月十八日

天氣 午后大雪

夜訪祁醒庵、張祥芳、吴非

二月二十二日 月　己巳　丙辰舊正月十九日

天氣 陰　寒暖 四〇〇

晤英士、酒伯、哲謀、叔實
院九弟偶來

ワシントン生る（一七三二）聖徳太子薨ず（推古天皇二九）

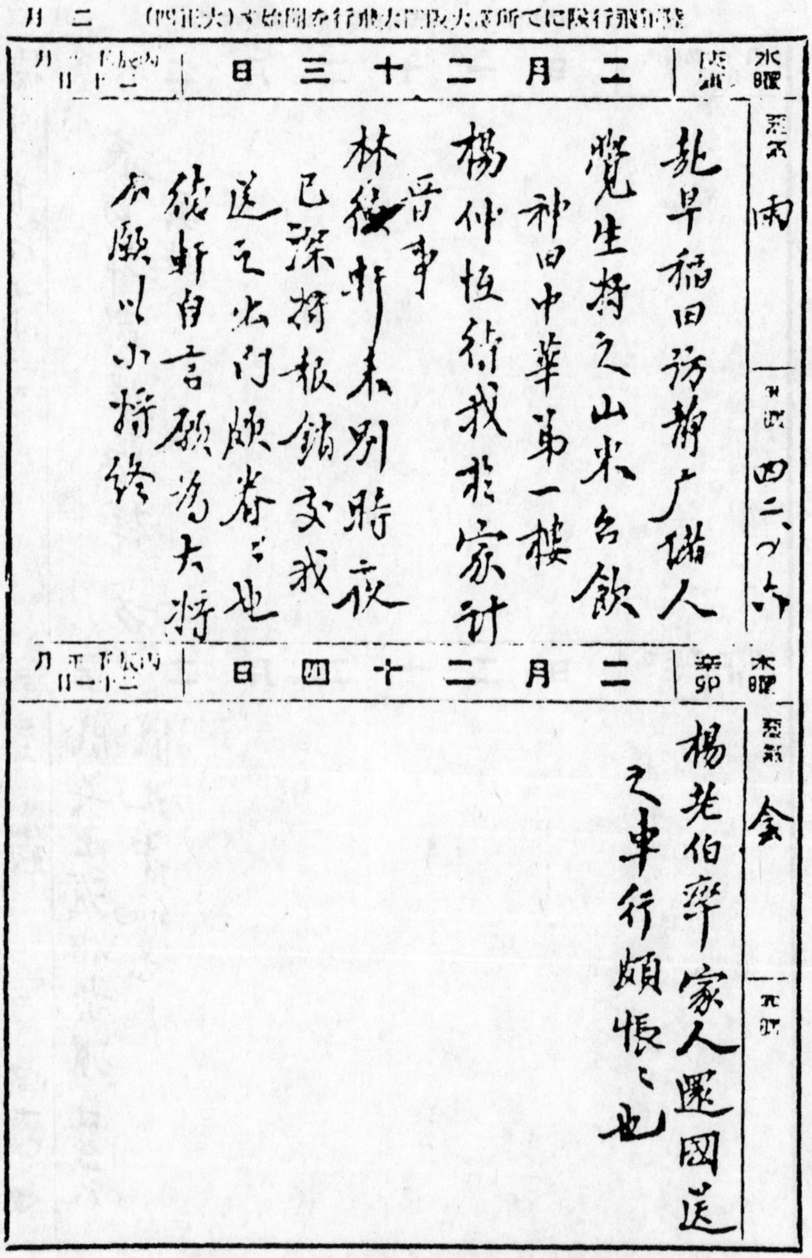

二月　所沢飛行隊にて所沢大阪間大飛行を開始す（大正四）

二月二十三日　水曜　丙辰　天気　雨　寒暖　四二、六

赴早稲田訪辦广諸人
覺生將之山米名飲
神田中華第一樓
楊仲恆待我於家計
晉事
林從軒来別時夜
已深將根銷文我
送之出门依眷〻也
從軒自言願為大將
不願以小將終

二月二十四日　木曜　辛卯　天気　会

楊光伯率家人還國送
之車行頗悵〻也

公文式を公布し法律命令の格式を定む（明治一九）

金曜 壬辰　二月二十五日・　丙辰 正月廿三日

土曜 癸巳　二月二十六日　丙辰 正月廿四日

コンノート殿下歡迎會を日比谷に開催す（明治三九）

二月　アメリカ船下田に来る（安政二）

日曜 甲午	二月二十七日	旧暦正月二十四日
天気 晴	訪方子謙 遊玉州觀梅	
寒暖		
月曜 乙未	二月二十八日	旧暦正月二十五日
天気 大雨		
寒暖		

三三

[illegible]

水曜	丁酉	三月一日	丙辰年正月二十七日

天氣 陰

寒暖 四七、〇五

得田兒書一月廿四日發頗念家庭慮周戰市被賊軍蹂躪而四弟竟為俘也叔六懸々出

木曜	戊戌	三月二日	丙辰年正月二十八日

天氣 晴

寒暖

得滄伯書三月廿六日發錫卿竟以荒淫致疾口鼻歪斜誤己誤友誤國可勝歎哉

三六

井伊大老桜田門外に斃る（萬延元）著作権公布（明治四）　三月

三月三日

姓

五二、〇一

香林師還國言內橋南北訓停戰事而悠葛一之幾也

三月四日

土曜

午前六時 午後三

寄香草師及佩年書今日署四川銀圓壹千元之借券與李培之年月署民國四年十二月十五日避洪憲也署名寫謝蕊生此款係借以還四川銀行之借款而由叔實經手之二年債務移受者也

得香草師神戶電

三七

グラント将軍大統領となる（一八六九）

三月五日 日曜 辛丑　丙辰二月二日

天候：陰

寒暖：五八〇五

四切書來，内附香草帖。筱飯交心也。季陶招飲。与周子治言事。

三月六日 月曜 壬寅　丙辰二月三日

天候：晴

寒暖：四八〇二

上香草帖書，并特去三函。周壺附自上海函。殘岑常先佃研求之者事。

三八

月　三　（二一長曆）る依に日攝陽中江

三月七日　癸卯　火曜　陰

寄叔癡叔寶子春滔
伯書
得香草師門函牋
漢民召飲
在田木久澤

三月八日　甲辰　水曜　晴

吳山傅海亭來
陳犀召飲
英士与哲謀竟不相下
事未成而同事若
即鮮和衷吁殆矣
寄田兒書
戕渙生

一九一六年

三月九日 木曜 乙巳 丙辰 二月六日

天氣 晴

寒暖 三一〇七 四〇〇六

晚英士林德宣
上香草師書
得岑雲階書
讀滇軍府二月十二日通
電頗能動人而仍以
義師抗者可殺也
近日新聞紙所傳南軍頗
不利心竊憂之
得梓春牋

三月十日 金曜 丙午 丙辰 二月七日

天氣 陰

寒暖 三四〇二 五三〇四

章行嚴來
周鹿時來遂飲酒觀
影戲
遣下女去之

四〇

不逞露顯す(治承三)武田勝頼夫人天目山に亡ぶ(天正一〇) 三月

三月十一日 丁未 土曜 丙辰二月八日

天氣 例至午大雪

寒暖 三四、〇二

曉四勿寄之以金
議東三省進行事而有宗
社黨滿蒙獨立之謀借
用外力實則保護也其
事至危非吾黨今日所
能挽救惟圖將來耳
決中止積極之進行
鄭繼心今飲晚十二时歸
路結冰矣
曉英士滄伯

三月十二日 戊申 日曜 丙辰二月九日

天氣 姓

寒暖 五四〇〇

得滄伯曉三月一日
過靜庵寓居
擬謀來語言頗涉攻
訐非載重器也

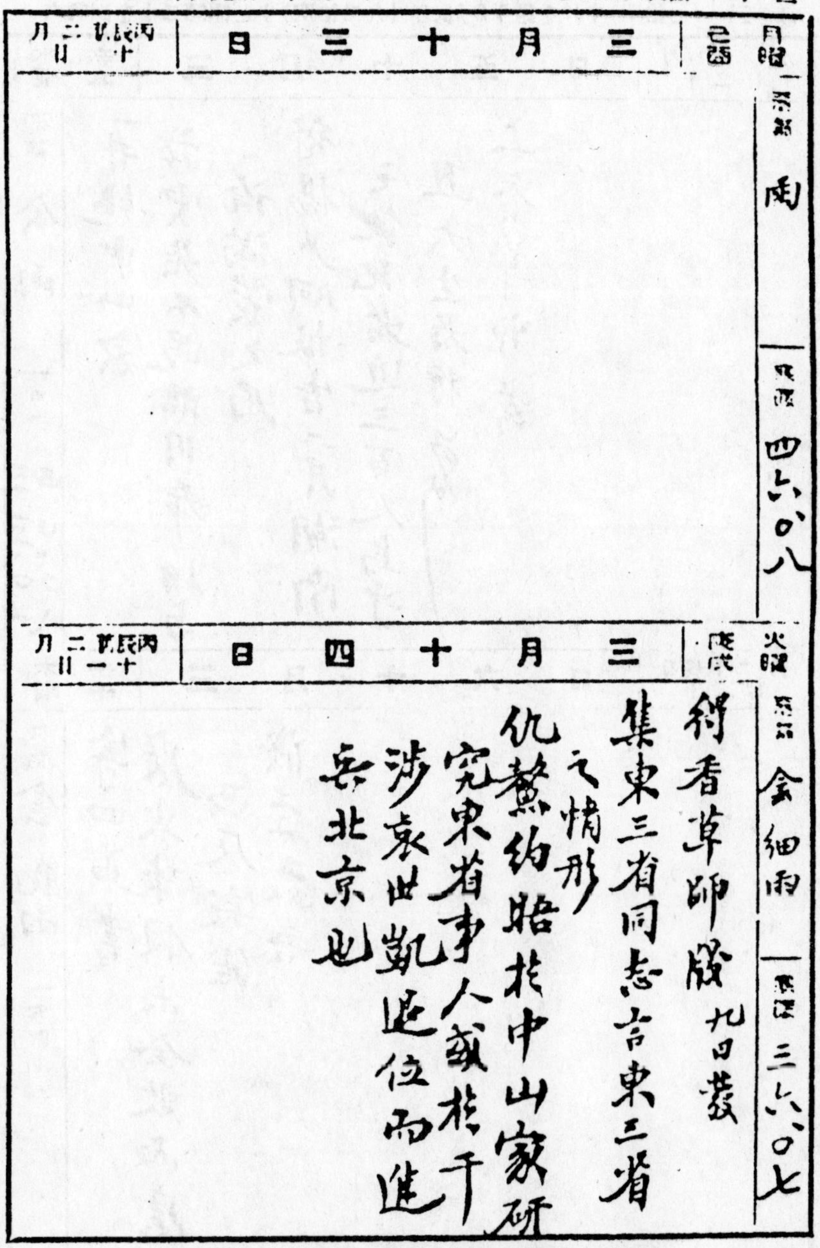

三月　國民徵收法を公布す（明治二二）　上杉謙信歿す（天正六）

三月十三日　月曜　己酉　丙辰二月十日

天気　雨

寒暖　四六〇八

三月十四日　火曜　庚戌　丙辰二月十一日

天気　会　細雨

寒暖　三六〇七

得香草師殿九日發
集東三省同志言東三省
之情形
仇鰲約晤於中山家研
究東省事人或於干
涉袁世凱退位而進
兵北京也

明治天皇五條の御誓文を發し給ふ（明治元）

附二

六師團を十二師團とす（明治二九）江藤新平亂を起す（明治七）三月

三月十五日　辛亥　水曜　丙辰　旧二月十二日

陰雨

再赴中山家
訪雲先不遇晤冈布相与
論满蒙之局
得杨少炯报告二月湖南
之役死者近三百人马寻
丑矢生为将为
上香宇评若

三月十六日　壬子　木曜　丙辰　旧二月十三日

陰　晚雨

寄四弟书
广東事似未全败而广
西反寂然
读李参吾

小松宮彰仁親王征討總督を命ぜらる（明治二八）

三月　露國總司令官クロパトキン解職（明治三八）

金曜 癸丑　三月十七日　丙辰年二月十四日

晨雨午前晴后雪

廣東大學
四勿來
訪西林用希
楊仲恆仇亦山來商
調和各派事
張用希擬道論以
黎元洪繼袁世凱之
不可

土曜 甲寅　三月十八日　丙辰年二月十五日

晴

四三。〇七

偕哲謀仲恆亦山赴平塚
訪劉民畫厲實与
商燕晋事遂散步
海岸坐香根伊豆江
之島富士諸山而富士
封於雪日光照之洵
琉璃世界而透明
也晚歸

スエズ地峡開鑿（一八六三）

日露戰役の滿洲紀念日を五月二十七日と定む（明治三九）　三月

三月十九日　乙卯　日曜

天氣　晴

寒暖　四八.○　三○.○九

鐵樵未告周予瑾已
運北京察其行跡
仍屬偵探云
赴廣唐抱一寓晚食
執碗不謹墮於桌
碎酒鐘一頗自怨
也遊過中山家

丙辰二月十六日

三月二十日　丙辰　月曜

滿月　午前二時二十七分

寒暖　五一.○　三○.○四

得香草師函十三日夜發
得叔癡函十一日作十四日發
以香草師致西林函屬
四幼轉致不能見遂
函西林且言豁元然之
不可

丙辰二月十七日

報効義會員郡司成忠ら千島に向ふ（明治二六）

四九

三月二十一日	丙辰舊 二月十八日
火曜 丁巳	天氣 陰 夜雨　寒暖 三〇・九 五〇・九

孫濟泉彭祖復楊竹恒仇亦山來赴中山家過季陶晚林德宣楊少桐晚過西林論以黎元洪繼袁氏之非得滄伯函十七日發

三月二十二日	丙辰舊 二月十九日
水曜 戊午	天氣 朝雨　寒暖 四九・〇八

得香草師書十八日上海發

四六

露軍プゼミスル要塞を占領し守兵十二萬五千を捕虜とす（大正四）

三月　　府縣に小學校を設けしむ（明治二）

三月二十三日

晴

陵美士
鄭羽儀劉立廷名欽鋑來
業匯罔若也
赴神田雅部子峰鮑化
南
張用五來
袁世凱以昨日取消帝
制

三月二十四日

晴

四七、〇一

上香岸師書論黎元洪
繼袁氏事
漢民謂世凱退位後欲
在位者洗心革面惟提
出還鄰之議或能破
滅一切迷夢予則謂
主張黎元洪若既有
苟且之志必不能議
及還鄰政欲根本改
革其責仍在吾黨然
至今不能起兵雖言之
人亦不吾聽也

神戸市水道開通式擧行（明治三三）　堀の浦の戰（文治元）

三月二十五日	土曜 辛酉	丙辰二月二十二日

過中山家不遇
伍所南召飲

三月二十六日	日曜 壬戌	丙辰二月二十三日

上香華師書
候滄伯英士
候西林
待子春叔癡候

三四〇〇
四七〇一

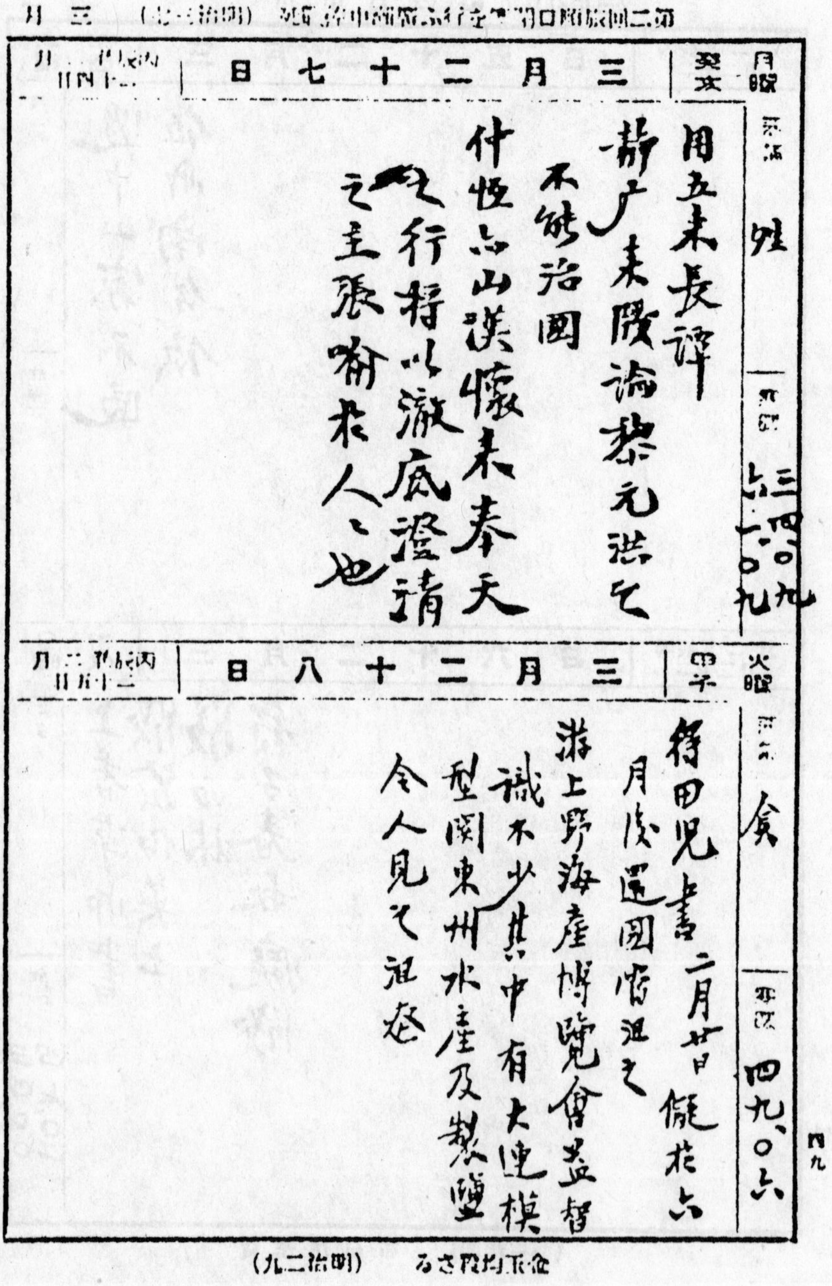
第二回旅順口閉塞を行ふ廣瀬中佐戰死（明治三十七年）三月

月曜 癸亥	三月二十七日
天氣 晴	用五來長評 靜广來暇論黎元洪之 不能治國 仲恆占山漢懷來奉天 之行將以澈底澄清 之主張衡求人〻也
寒暖 三四·〇九 六一·〇九	
火曜 甲子	三月二十八日
天氣 陰	得田兒書 二月廿日 飛花六 月後還國 皆祖之 游上野海產博覽會益智 識不少 其中有大連模 型 關東州水產及製鹽 令人見之沮喪
寒暖 四九·〇六	

金本位制施行さる（明治二十九）

水曜	乙丑	三月二十九日	丙辰二月二十六日

天気　晴

寒暖　五三、〇四

孫溥泉来久譚出皆不得要領其為韓樹勛索款一節哀乃敗之

盧佛眼来久譚頗開誠也

用五決定移来同居吾贊其赴名古屋加富登工場實習而注意於設計之事

木曜	丙寅	三月三十日	丙辰二月二十七日

天気　陰

寒暖　六六、〇四

訪孫溥泉与朱子樵之拉過

夜訪佛眼不遇

寄田兄書沮其還國田兄游法國三年以教之易校遂学無所得今又思歸故責之也

鐵道國有法幷に京釜鐵道買收法公布（明治三九）三月

金曜 丁卯 三月三十一日 旧二月二十八日

天氣 雨陰 第四九〇三

得香草师牋廿六日已偕九弟於发書之次日航海而之桂矣佛眼未遂偕赴中山家遇尾崎於中山家日本之飛行家也吾黨与之計款接飛行術事晚遇楊仲恆

五一

四月

つゞき

小（日曆）

己巳　二日

神武天皇祭　三日

清明　五日

昭憲皇太后陛下御三周年祭　十一日

土用　十七日

満月（午後二時八分）　十八日

穀雨　二十日

〔花〕櫻、李、梨花、石楠花、櫻花、たたまきすみれ、小手毬花、チユーリツプ、フリーザア、アネモネ、ヒアシント、アラセイトウ、ヒナギク、罌粟、ライラツク

〔食〕櫻えび、車蝦、鯡、櫻鯛、鮑、鰺、しやこ、あなご、新鯡、筍、じゆんさい、さや豌豆、杉菜、茗荷、野芹、蕨、新牛蒡、獨活、つくし、蕗、林檎、蜜柑、夏蜜柑、金柑

〔觀〕觀花は當月唯一の行樂にして都下至る所の花下に人出多く近郊にては小金井、飛鳥山、墨堤、荒川等都人行樂の最適所たるべし殊に墨堤にはボートレースあり各學校亦運動時期に入りベースボール等行はる

〔遊〕潮干狩、釣魚、投網、摘草等野外の散策何れも面白く季節和暢なるを以て一般に娛樂は室内よりも野外の方に感興多し

四月一日 四九〇五 雨

朝過佛眼晚再過之
周身小勞作痛不如壯時之健矣

四月二日 晴

國人追悼黃花崗七十二烈士暨宋漁父敎乾以聯語曰恨逃湘[珠]江當年碧血黃花祇便得共和名義

訪西林不遇陂之

四月三日　月曜

西林無復書大抵行矣
南満能自由活動日本之
政策又變也故凡事
在我之自主何如
飲郷人以酒吳錫三黃
琢如木正鐵樵則游
十葉
余漢吉四川黨事至詳

四月四日　火曜

方明遠名飲

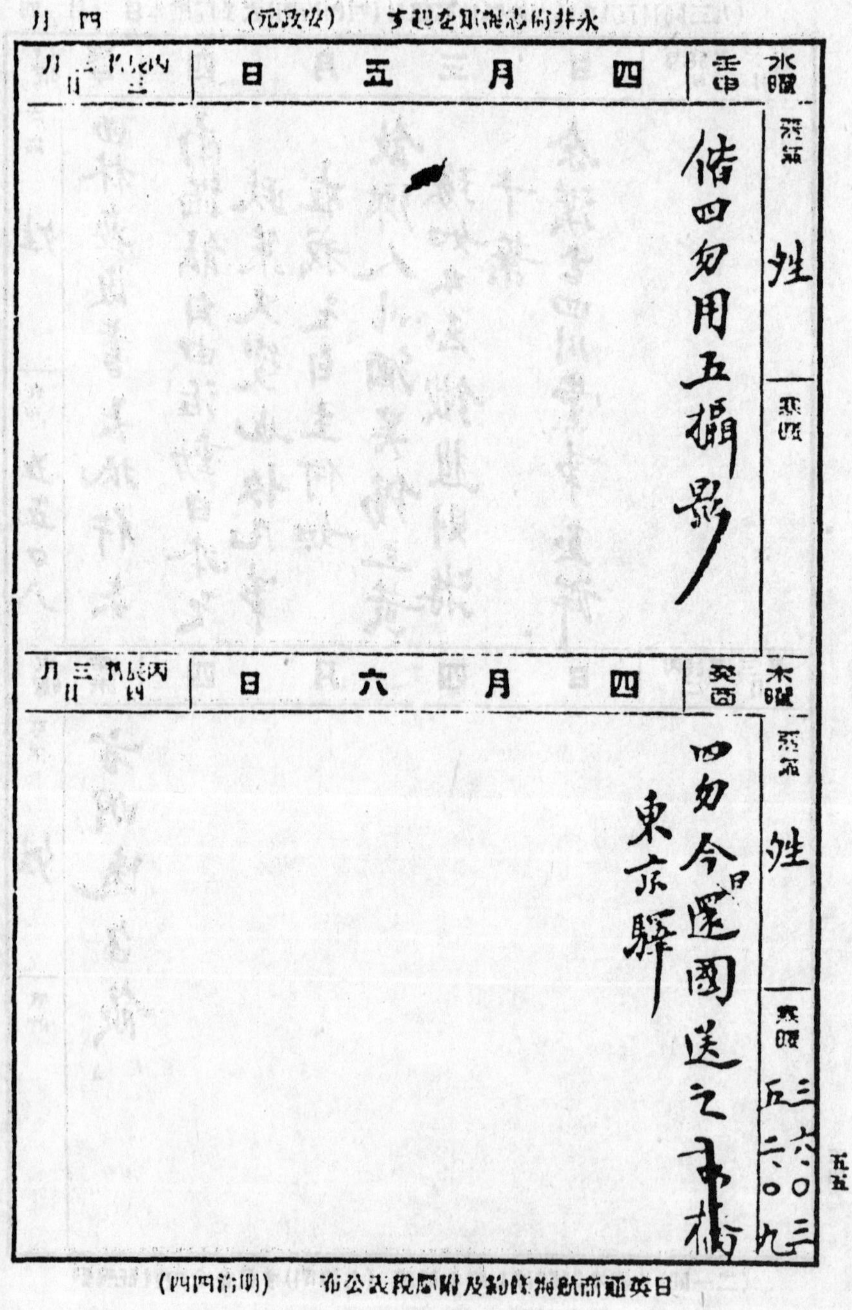
四月五日 壬申 水曜

借四匆用五攝影

四月六日 癸酉 木曜

四匆今日還國送之車橋

東京驛

日英通商航海條約及附屬稅表公布（明治四四）

一九一六年

四月 國會開設詔勅(明治一四)板垣伯岐阜にて狙撃を受く(同一五)

四月七日 金曜 甲戌 丙辰三月五日

天氣 晴

寒暖 五六〇五 三五、〇三

過孫溥泉以路費趙
子樵之狂朱少侯
孫溥泉果非有為者也
偕漢民季陶訪譚人鳳
趙相五自天津還
得廣東獨立消息昨
日午后六時宣布也
王道周告其姪鹿鳴來
名叙未赴之

四月八日 土曜 乙亥 丙辰三月六日

天氣 晴

寒暖 六五〇一 四二、〇四

朝過張溥泉宮崎寅藏
溥泉將之横濱
以其主張之謬有
欲難之者囑我解釋
赴横濱支部及華僑
俱樂部
得俊生書 三月廿一日自新加坡
戒張溥泉戒其毋急
近功及主張黎元洪
之險

關東開市(我が紀元二一一七年)太田道灌江戸城を築く(長祿元)

四月九日 日曜

姓

观活动写真

津门人久不至

六、〇六

四月十日 月曜

姓

李少坪张运筹到

菊池良一名鈇指平野家

殷夏述居

四月　昭憲皇太后崩御（大正三）　江戸城明渡し（明治元）

火曜　先負　四月十一日　旧三月九日

晴

春煖減衣汗猶漬也
中山乞飲
昨夜以弁健寿物玉
料理之而晏寝今
日頗倦也

水曜　仏滅　四月十二日　旧三月十日

大礼使官制公布（大正四）　武田信玄歿す（天正元）

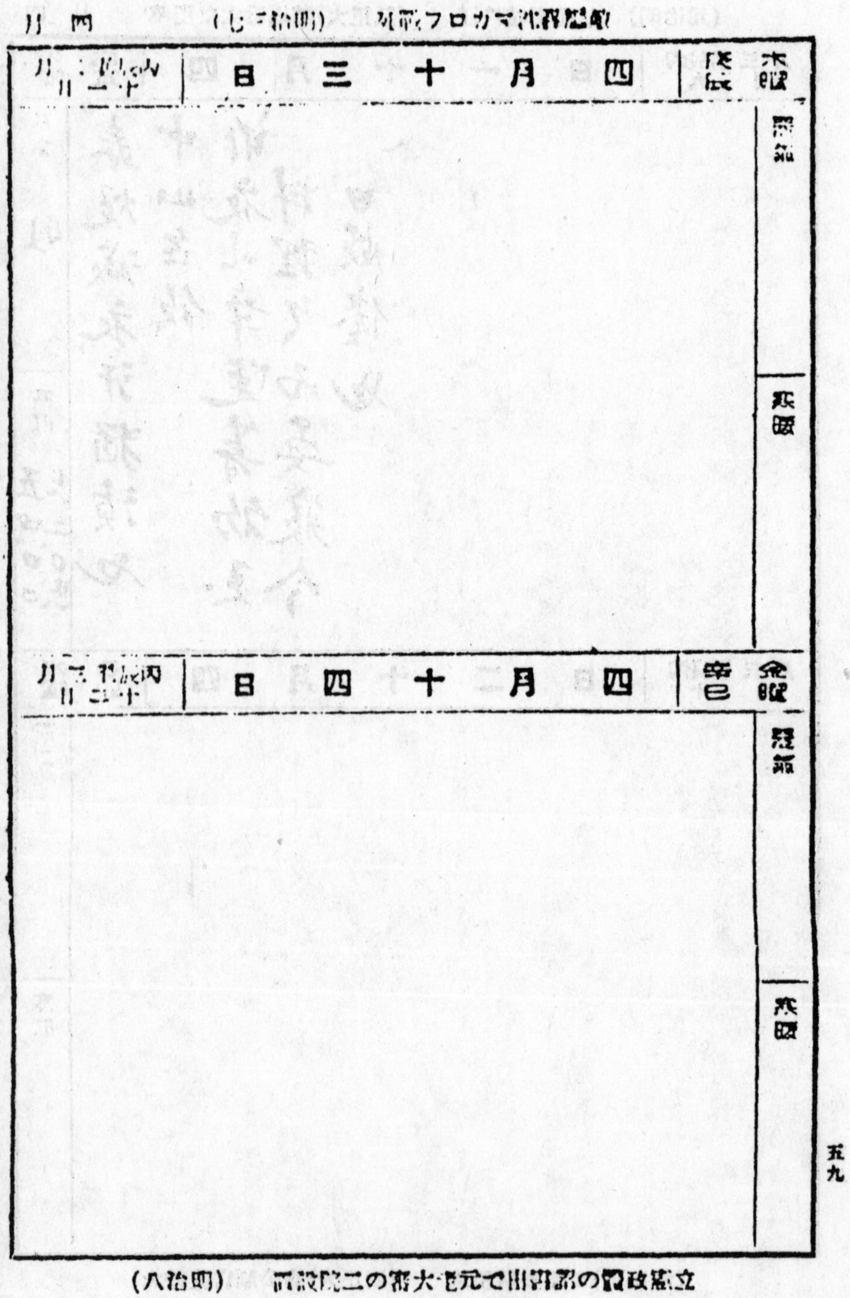
四月十三日
木曜
四月十四日
金曜
辛巳
五九
立憲政體の詔書出で元老院大審院の設置（明治八）

四月十五日

四月十六日

得叔癡書
得子春書
訪櫻内

五七〇八

六〇

四月　（大正四）　東照宮三百年祭を日光山に行ふ

四月十七日　甲申　土曜

席正銘請事大譁

中山召飲

五四〇八

四月十八日　乙酉　日曜

滿月　午後三時八分

六一

（明治二一）市制町村制制定

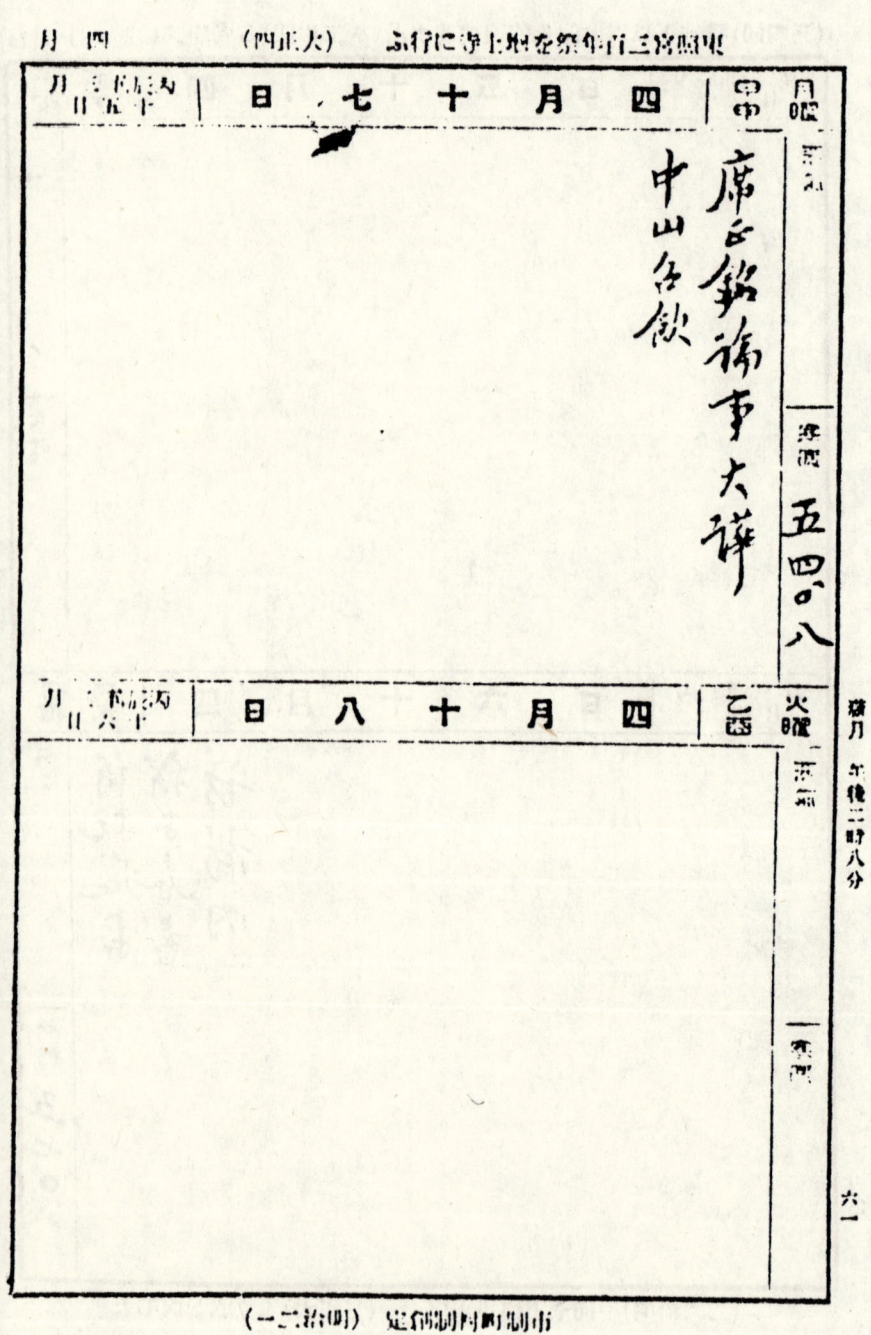

四月十九日	丙戌	水曜
丙辰三月十七日	天氣 晴	寒暖 六八〇七

臧子春叔庭詒伯貽尊
~~劉紀雲來訪~~
郭鑄侯自北京來
張廷籌返北京
訪劉昆壺不遇

四月二十日	丁亥	木曜
丙辰三月十八日	天氣 晴	寒暖 六一〇五 七四〇五

郭鑄侯胥肖湘來
服戴錫九
數日來皆患頭熱今日
購解熱藥服之

六二

露國は米國の諸要求を拒絶し國交斷絕せり（大正三）

四月二十一日 金曜

丙辰 三月十九日

偕周鹿野訪劉民熹賡廣王佩輔宜張子渭張孝準即約今晚宴之張子詩自法國返來此據云吾兄德振西好學也

四月二十二日 土曜

丙辰 三月二十日

張孝準詠裳合飲

四月　シエクスピア生る（一五六四）　井伊直弼大老となる（安政五）

四月二十三日　日曜　庚寅　丙辰三月二十一日

訪子春晤研庵已抱病
未愈

四月二十四日　月曜　辛卯　丙辰三月二十二日

姓

七七〇五

露独仏同盟して遼東還附を勧告す（明治二八）

六四

皇室婚嫁令發布（明治三三）　僧侶の被選舉權を許す（明治五）　四月

四月二十五日　火曜　壬辰　（丙辰 三月二十三日）

得叔瀛、俊内、耕瑞書。寄美國真如書一通。

四月二十六日　水曜　癸巳　（丙辰 三月二十四日）

得四勿書。入南寧。香草师已

六一〇五

六五

神官司職をして葬儀を所したしむ（明治一五）　商法公布（明治二三）

四月　民法公布（明治二九）　大本營を京都に移さる（明治二八）

一九一六年

木曜 甲午	四月二十七日	丙辰 三月二十五日

中山先生今日離日本
運國此間收束事宜
皆以付我期乎其任
也
逕參山

金曜 乙未	四月二十八日	丙辰 三月二十六日

偕張敬游荒井川觀
櫻花，花有五色極綺
麗也地不准爲可惜
耳

皇太子迪宮裕仁親王殿下御誕生（明治三四）　四月

四月二十九日　土曜　丙申　旧三月廿七日	晴
訪山科多久馬 訪劉昆燾於中山讚成 恢復約法及復國民 黨事告之 餞吾川習飛行者五人 韓賛萬段姚世聚松 年楼主人我及鐵樵 陪中山及仲愷	
四月三十日　日曜　丁酉　旧三月廿八日	午前微雨
習飛行五人來撮影紀念 楊仲恒部鑄侯為主人燕 士官同學赴之遇蜀人 廖益及黔人丘倫 訪殷汝耕使農於五反田 之松泉旅館入浴於有 ラヂユム鑛泉也同民黨 事業亦贊成	

ワシントン大統領に就任す（一七八九）　ウエリントン生る（一七六九）

六七

五月

さつき

☆（日暦）

八十八夜　二日
端午の節句　五日
立夏　六日
八せん　十五日
満月（午後十一時十一分）　十七日
小満　廿一日
庚申　廿三日
甲子　廿七日
海軍紀念日　廿八日

花 牡丹、藤、躑躅、けし、芍薬、美人草、突羽草、夏水仙、卯の花、燕子花、アネモネ、矢車草、ペチユニヤ、捕蟲撫子、九輪草、フクシヤ、マーガレツト、薔薇、凌霄花、桐の花、菖蒲

食 鰹、黒鯛、伊勢蝦、あなご、鮑、鰶、せいご、鮎、鰺、石鰈、あゆなめ、蚕豆、筍、青蕃椒、蓮、牛蒡、葉生姜、胡瓜、姫百合、苺、バナナ、夏蜜柑、莢隠元、ゑんどう、芋、茗荷子、水芹

観 亀戸天神、日比谷公園、武蔵粕壁、牛島、大阪野田等の藤花、東京四ツ目、目黒、攝津池田等の牡丹、大久保、日比谷、蒲田、館林、染井等の躑躅の観賞

遊 時鳥の初音を待ち軒の橘に昔を偲ぶは歌人が唯一の楽ならん、草花園の遊覧、郊外の散歩とり〴〵に風情あり、その他釣魚、投網など

明治神宮社殿を府下代々木に創立公布（大正四）　五月

月曜	戊戌	五月一日	丙辰 旧三月二十九日

得四弟書老母以下眾
家無恙五弟已得一
子二月七日舊曆正月四日
也吾國去年舊曆十二
月誤一日則舊國曆正月
四日當為二月六日也字曰
旅華頗强游子聞此喜
極舊曆三月
八日發書

火曜	己亥	五月二日	丙辰 旧三月卅日

訪野滿不遇

外

六九

奈良大佛殿の上棟式を挙ぐ（明治四四）

五月三日

天氣　外

中山先生議以國民黨收束革命各派為一致進行欲以告人多同意者今日集於吉田屋定總親會辦法
訪馬醒儂於東京亦了以談至久美洲黨務情形足資暢也

五月四日

天氣　陰

寒暖　六四·〇〇

午后雨雹
赴靜江先生家飯与張魯泉議山東事

六〇

東宮御學問所開始を行はせらる　（大正三）

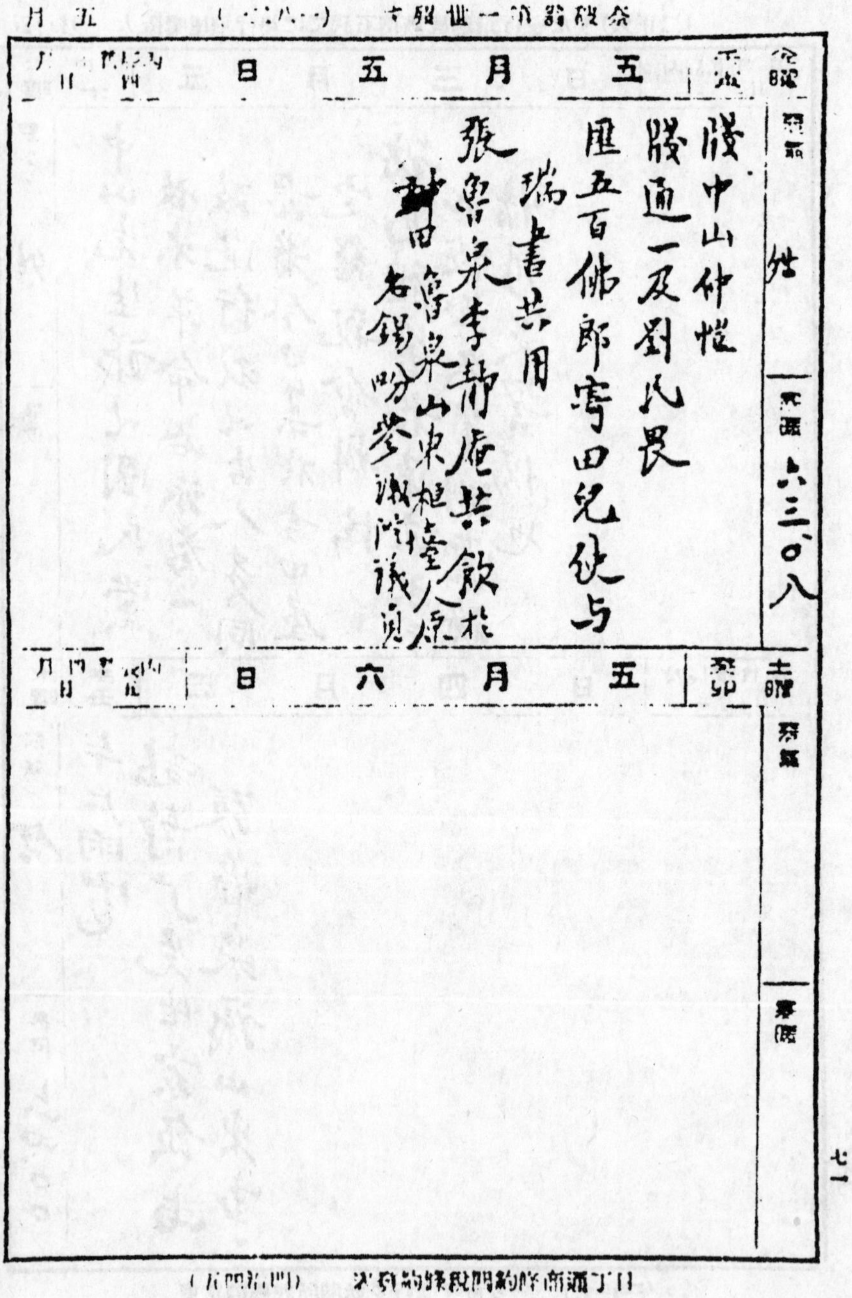

五月五日

天氣 晴 寒暖 六三·〇八

晚中山、仲愷
晚通一及劉氏昆
匯五百佛郎寄田兒欽与
瑞書共用
張魯泉李静庵共飲於
謝田魯泉山東桓臺人原
名錫吩參議院議員

五月六日

五 月　　羽柴秀吉高松城を圍む（天正一〇）

日曜 甲辰	五 月 七 日	丙辰 四月 六日

天氣

寒暖

月曜 乙巳	五 月 八 日	丙辰 四月 七日

天氣

寒暖

國民黨留東黨員開懇親會於精養軒劉大同搗亂而夏重民揮拳毆之致啟紛擾殊不快也

七二

小學校の創立（明治五）　大阪落城（元和元）

五月九日 丙午 火曜

黄克强由美洲返国，道出日东，赴横滨迎之，僕僕终日，竟不知其所在也。迎孟頫及李君，孟頫言克强情態，异詳一言蔽之曰，無誠而已。

五月十日 丁未 水曜

五月　露國皇帝（時皇太子）來朝中大津ニ於テ遭難（明治二四）

五月十一日　戊申

餞中山

五月十二日　己酉

餞伍川、故楊兩朱章郡
完任壽祺
餞趙松生

外

陸軍大將川上操六薨す（明治三二）

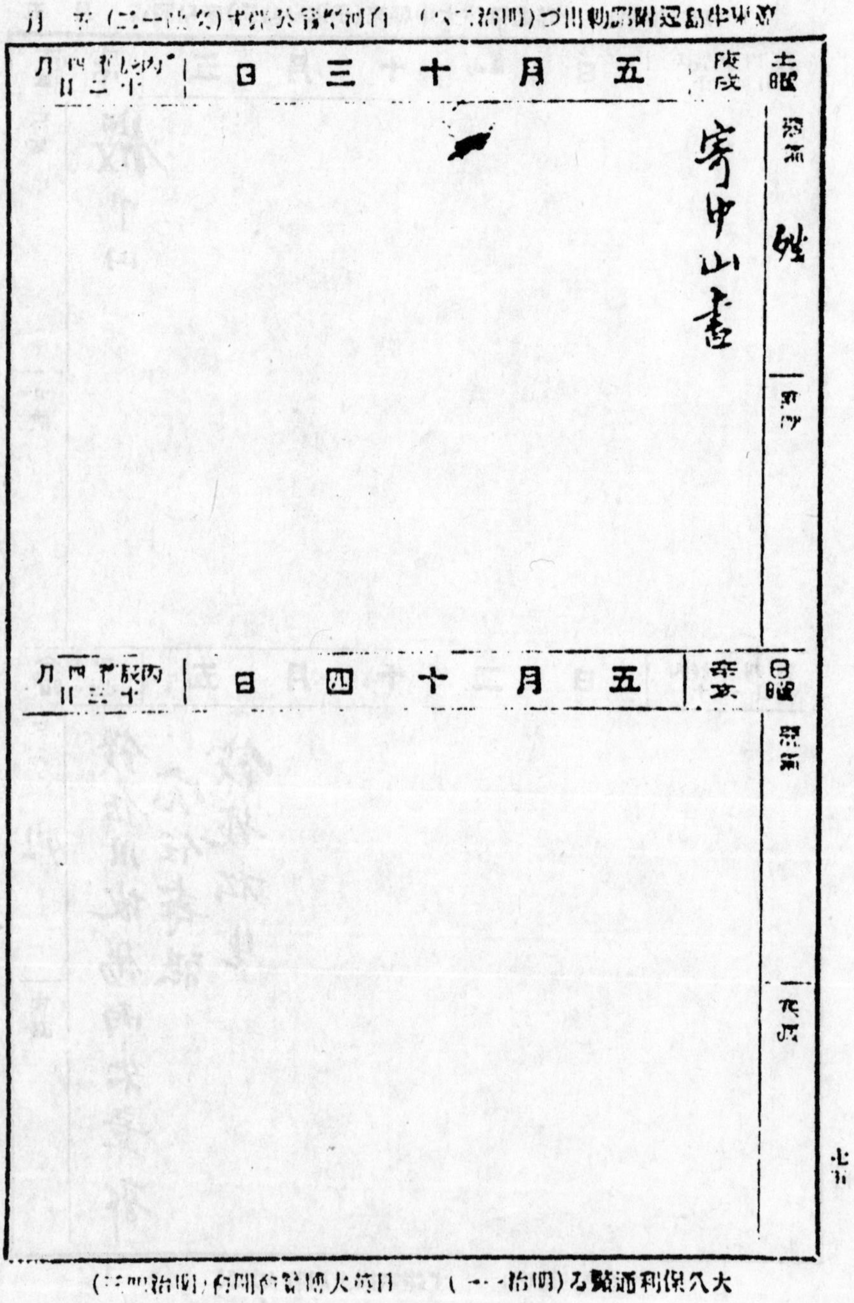
五月十三日
寄中山書
五月十四日

五月　　彰義隊官軍と上野に戰ふ（明治元）

月曜	壬子	五月十五日	丙辰 四月十四日
火曜	癸丑	五月十六日	丙辰 四月十五日

酒参来
彭允彝静仁台飯

管領持氏の子安王春王を垂井に斬る（嘉吉元）

七六

五月十七日　水曜　甲寅　舊四月十六日

舊月　午後十一時十一分

天氣　始雨

寒暖

是日也吾入北京軍政執法獄之紀念日也忽忽三年而國事益紛而無紀民軍雖作袁世凱之爪牙心腹尚振地而未易滅也

酒叁来

五月十八日　木曜　乙卯　舊四月十七日

天氣　雨

寒暖

彭靜仁偕甚見漢懷来嚴中山仲愷李陶英去

夜八時付郵

七七

金曜	丙辰	五月十九日	丙辰 舊四月十八日

天氣 雨　寒暖

晨見新聞英士於昨日
被兇徒狙擊午后得
中山先生電則昨日午
后被擊於山田家業
殉國而死矣悲夫嘗
吾發書時孰知已為
死友悲訖
寺尾亨博士託人來致
悼并辭次日之飲酒
有古人徹樂之意良
兄感也　克強以其子
未且致書

土曜	丁巳	五月二十日	丙辰 舊四月十九日

天氣 雨　寒暖 五九〇九

訪日人山本安夫
再電中山促戒備慮
禍變也
英士服勞而任怨富於
冒險有奮不顧身多
機智盡瘁國事不
以艱險易志不苟安
取巧吾黨難得之士
也今若此吾腦大震
得田兒自蘇彝士來京四月八日開發
已鄭也
得叔癡及香草師函十三日

七八

ルーマニヤの独立を宣言す（一八七七）　五月

五月二十一日　戊午　日曜　丙辰旧四月二十日

日出　五、〇九
日入　六、四九

晨中山痛論謀明和而不為本黨根本之計，必將進退失其所守。

五月二十二日　己未　月曜　丙辰旧四月二十一日

日入　六、三〇四

晨叔痴、潞伯。寄田児書由香港。訪水野梅挽、宮崎民藏。得潞伯書。

新田義貞鎌倉に攻め入る（元弘三）

五月二十三日　火曜　庚申　丙辰四月二十二日

得叔疏啟
英士之破南也叔實景
梁皆受傷
得伯爲書言英士死也

五月二十四日　水曜　辛酉　丙辰四月二十三日

赴日商田中昂家夜深
大雨歸寓已十二時半
矣
啟予春復生
昆泉寄予森

昭憲皇太后御大葬式を代々木に行はせらる（大正二）

楠正成湊川に戦死す（延元元）　五月

五月二十五日　壬戌　木曜	旧暦四月二十四日

释子春股前函三百金
已收到
得伯鸿書報叔寶受
傷頗詳
訪小村村俊三郎小
村號中國語任其國
外務省顧問官

五月二十六日　癸亥　金曜	旧暦四月二十五日

發四弟

七四〇三　入一

皇軍金州南山を占領す（明治三七）

六月　春秋二季に皇霊祭を定める（明治一一）

月曜	癸酉	六月五日	丙辰舊五月五日
火曜	甲戌	六月六日	丙辰舊五月六日

八八

モロッコ問題に関して佛外相デルカッセ辭職す（一九〇五）

商標條例公布（明治一七）陛下始めて議會に臨み賜ふ（同二三）　六月

水曜 乙亥	六月七日	舊曆五月七日
天氣 / 寒暖		
木曜 丙子	六月八日	舊曆五月八日
天氣 / 寒暖	[illegible]	

八九

明治六　別定を定む

國民日記

民國六年

中華民國六年　陰厤歲次丁巳

國民日記

日厤依中央觀象臺厤書

上海商務印書館製

中華民國六年陰陽曆參照表

陽曆月	陽曆日	干支	陰曆
一月	一日 廿三日	丙辰 丁巳	十二月初八日 正月初一日
二月	一日 廿二日	丁巳	正月初十日 二月初一日
三月	一日 廿三日	丁巳	二月初八日 閏二月初一日
四月	一日 廿一日	丁巳	閏二月初十日 三月初一日
五月	一日 廿一日	丁巳	三月十一日 四月初一日
六月	一日 十九日	丁巳	四月十二日 五月初一日
七月	一日 十九日	丁巳	五月十三日 六月初一日
八月	一日 十八日	丁巳	六月十四日 七月初一日
九月	一日 十六日	丁巳	七月十五日 八月初一日
十月	一日 十六日	丁巳	八月十六日 九月初一日
十一月	一日 十五日	丁巳	九月十七日 十月初一日
十二月	一日 十四日	丁巳	十月十七日 十一月初一日

陽曆月建記憶法

陽曆每年十二月。每月之大小有定。大月三十一日。小月三十日惟二月則平年二十八日。閏年二十九日。故二月亦可稱小月。其各月大小之定序如左。

正月大　二月小　三月大　四月小　五月大　六月小
七月大　八月大　九月小　十月大　十一月小　十二月大

記此定序。有一簡法。如圖將手握拳。則手背上有四峯高起。三凹低下。由峯而凹。口呼月數。挨次數之。周而復始。則正三五七八十十二等月。皆過高峯。卽爲大。二四六九十一等月。皆過低凹。卽爲小。

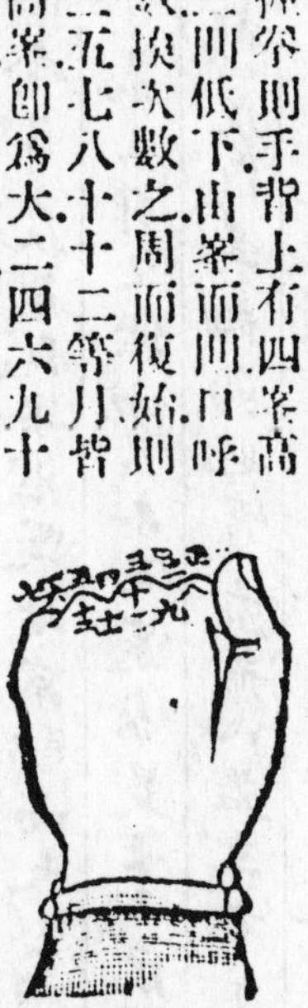

置閏之法。每四年一閏。凡西曆紀元年數以四除之得整數者。則其年置閏。如一九〇八年一九一二年皆爲閏年是也。但其年數若以百除之得整數。再以四除之不得整數者。則仍不置閏。如一八〇〇年一九〇〇年皆非閏年是也。閏年凡三百六十六日。平年爲三百六十五日。以民國紀元言之。則元年爲閏年。自元年起直至一百八十五年。皆每四年一閏。

民主國之元氣在道德　孟德斯鳩

提要（交際）

（通信）

（氣候）会

（溫度）記以華氏

又一乘矣辰　本生母像片於堂敬拜如禮又南向望空思吾考妣及　本生考顯考府君之遺容敬拜如禮諧姑姊妹兄弟妻兒皆聚首鄉山吾尤念也小子不自量隨同志之後盡力國難戊申以還至於今茲其間辛亥壬子兩年在家度歲耳餘皆奔喪而返實紀吾慟今年度歲既安然還居京師叨天之相又門庭藹然而順適老幼安寧洵十年來未有之樂而乃不復還家是壬子度歲不亡命矣而有親喪還家不樂癸丑入都度歲其難罗也實有戒心若辛亥之春則亡命奔喪兩遭其極伏處门內昕夕畏人天道十年而一周今惟未還家侍親度歲矣較諸已往要為趨於吉祥雖然吾母倚閭之思則急於昔也

今日第一事乃為諸媒媼始事若此吉乎凶乎

昨夜夢吾　父乘自動汽車由新街之東還水神廟隔壁之肆體豐於前也曾致堂表兄亦在肆中

一月一日（丙辰年十二月初八日癸卯）　月曜日（即星期一）　國民日記

十二月六號辛丑

一九一七年

一月二日（丙辰年十二月初九日甲辰）　火曜日（即星期二）　國民日記

提要（交際）

通信

氣候　金風

溫度　前十時　三〇。

攷中央觀象臺曆書紀年新舊曆對照表得吾本生母及吾夫婦生日之確期　一、母生清咸豐五年乙卯歲十一月月建戊子八日丁卯當民國紀元前五十七年十二月十六日　一、吾生清光緒元年十二月廿二日歲建乙亥月建己丑日建乙酉當民國紀元前三十六年一月十八日　一、吾妻生清同治十三年十二月廿五日歲建甲戌月建丁丑日建甲午當民國紀元前三十七年二月一日

晚游中央公園始浴縣譜尼式尼病藉爾蕭責三亡友收葬辦法

赴華僑招待所議新黨事上海漢民太炎少川欽甫諸人皆贊成當大有進步也孫伯蘭因吾對於時局之態度有所說明遂發為明激之論永守不變洵吾持平民政治政策者之良友也

猶志求精學一技熟然後可以立身治家　陳辰赤

一月三日（丙辰年十二月初十日乙巳）　水曜日（即星期三）　國民日記

提要（交際）

（通信）

（氣候）

（溫度）朝八時廿四.9　后六時三十四.0

議員物聚拜於四川會館，酒後列席議清算川路銀行事

偕勳山赴伯中家，告以京中日內變動情形，而詢以赴滬之所得，吾言頗盡，伯中則似有聞矣

夜過諸醫師

一月四日（丙辰年十二月十二日丙午）　木曜日（即星期四）　國民日記

提要（交際）

（通信）
得真如木殷美洲

（氣候）
晴　有風

（溫度）
朝八時　廿六°

真如殷來責吾非議會派若寡婦其貞何必人云亦云耶
午嵐慨北川局動搖而顧念大局以電來詢
赴警察總廳吳炳湘總監不在見司法樸存言川路鐵道銀行事也
午后侍師游琉璃廠夜赴馮甚之家及華僑招待所會議一時寢
龔伯居以行政府將解散國會詢諸吾師不得朕兆而梁啟超鼓其先亦未
嘗以此說示人故昨晚遇伯居識之宜鎮靜不宜張而大之蓋未必付題
假有此說無益也諸人皆唯唯伯居固自為雄而案非吾言天下事大半皆
敗於浮動二字而消滅於鎮靜中者不知凡幾也
託鍇亞師為瑞書謀官費并商電召叔實北來

一九一七年

一月五日（丙辰年十二月十二日丁未） 金曜日（即星期五） 國民日記

傳名於不朽在事業不在子孫 英諺

提要

（交際）

（通信）

（氣候） 晴

（溫度） 朝八時·三二〇

譯發三電遊黄半日功夫午後凱山來偕遊出游附近街道以五日而有新歲之樂召鄙女之善歌者爲歌乃伶人也

士俊自宜昌來候待江輪至非本月三十日已售票矣忽而停駛當改雇帆船西上抵家當在舊曆除歲吾甚念之

平生志不在溫飽　王仟

（提要交際）

（通信）

（氣候）晴大風

（溫度）朝八時廿四°

李曉溪來談及帥葵列五溪青鎮見之表

細檢近院文電李芳所提崇藏青海區域之改劃憲法中頗有見地

不得以人而廢其言

中山先生電兩院及總統為英士請國葬郵其遺族情真事實故文詞

沈痛讀之幾泣下也晚近公道不存身後蕭條一諡猶吝英士當之無

愧黃克強有知聞此寧勿愧死耶嗟大革命崇拜人世之奇窮一

至功成便攬厚資擲萬數十萬吾國人心若此大可傷不已

限制自由即保護自由　赫行黎

一月七日（丙辰年十二月十四日己酉）日曜日（即星期日）　國民日記

提要（交際）

（通信）

（氣候）陰風

（溫度）朝八時　廿六

訪郜倬安平政院推事也大風遂起四川會館皆川路事也始赴益友社之會議不與社議者數月矣今日所議為吾國民黨成毀決定之期歷史感情道德患難諸關係一時萃集結不可破遂而赴之亦有所言吾之於社議有言自今日始也國民黨之破裂其初中於不黨之說既以團結須定為社議不生拘束力於社員故政見紛歧國隨以病其後因選舉副總統事提挈社事者故違衆意敢行非策又因張繼當谷鍾秀別立政學會號召徒黨而標排斥暴烈分子之幟頗陰變其所主張於是遂一潰而不可收拾自同盟會以來至於今日一二政客各懷私見豈固病矣而數月中政局益搖寧勝歎耶

精神不用則廢廢則疲疲則不足用則振振則生生則足　羅介山

一月八日（丙辰年十二月十五日庚戌（月食））　月曜日（即星期一）　國民日記

提要

（交際）

孔教爭執甚烈今日審議會表決未成立也是為國家之福

（通信）

（氣候）

（溫度）

朝八时 廿二°

法律無終食之間可離者也人之文野以法律之有無為差孟德斯鳩

一月九日（丙辰年十二月十六日乙亥）火曜日（即星期二）國民日記

提要（交際）

常會

趙瑾卿不自養其身今忽棲其家人來訃死矣客日本時甘苦相共者二年聞訃惻之

（通信）

仲執來書

（氣候）（溫度）

朝八時 廿四°

一月十日（丙辰年十二月十七日壬子） 水曜日（即星期三） 國民日記

兄須愛其弟弟必敬其兄勿以纖毫利傷此骨肉情　方正學

提要（交際）

通信：田兒來稟

氣候：溫 雷有化者

溫度：朝八时 廿六〇

卄上交通部狀午後一時赴葉吾視侵蝕川路股款者為公敵也

今日省制加入憲法問題贊成加入者欲於全體起立自開憲法會議以來所未有也數月競爭得此結果然吾黨主張業已退讓多矣

田兒稟每言家人不睦吾妻之欲東出者大半因此今以匪風頗熾於東街歸宅使吾妻率七妹及兒女居之吾弟如此處置似有深慮古人學識與年俱進吾弟雖未學而識則進也心甚喜之　吾妻又令田兒述其促我納妾之意

廣積不如教子　避禍不如省非　求邦獻

一月十一日（丙辰年十二月十八日癸丑）　木曜日（即星期四）　國民日記

提要（交際）

兩過香草師，時局日來變動頗有可慮，言之頻慼。

戴戡道經隆昌，有人民与之戰，然不能當其兵而北。既有此事，則戴到成都後，驅北感情必有足使川中反對諸人生恐怖者，政治与難与言進矣。

契然去年今日被逮，在京同志特集於中央公園來今雨軒宴之，攝影紀念，而言者對於時局自今年今日以後皆若有無窮之感之者，余乃起而應之。

議院開常會，請假。

（通信）

（氣候）姓　如春初天氣

（溫度）朝八時　三〇.〇

質樸爲英雄之本色　馬可黎

提要（交際）

赴四川會館蘇東坡先生三日集鄉人拜祭如禮。又四川公會開評議會，
為川路清算帳目決議開大會也。
馮蕉之隨到會館商公文稿件，推陳宦三頃之。宦三謾罵議員，謂路
事如彼陳邦達胡駿把持以終，當為議員之罪。又謂議員月入錢若
干，猶置路事不理，我一錢無入，決不再管云云。所忿固是，而所見不免小。
吾記之者，以見人事之難。宦三非吾與靜安，前申申而罵，直罵我而
已。吾嘗欲宦三月以十金，士俊止我曰：接濟人而傾囊，祇以賈怨，何
不幸而中耶。

（通信）

復雪壁

（氣候）

朝陰　晝微風

（溫度）

朝八時　三四、〇

與管萬事之根本為一切才力最大之要素　加黎

一月十三日（丙辰年十二月二十日乙卯）　土曜日（即星期六）　國民日記

提要（交際）

通信

氣候　晴　夜明月大風

溫度　朝八時　三一○

予入城

赴四川會館議員俱樂部宴飲遂撮影四川國會議員第二期常會之紀念也　吾分散列五事略及遺像於衆無不歔欷獨張知競引以為快當潘式尼引列五殮時慘像歎曰可憐張知競在旁曰你亦謂可憐耶一家哭何如一路哭枉殺人者人亦枉殺之式尼默然此語彼不知為我聞也前語吾不知所指而列五固未嘗貪殘於民後語殆指蘇伯周鄧維新鄧伯鴻謀亂被誅事知競固主謀者倖逃法網當時未嘗窮治今反以為冤陰詐如此固知競尚不忘我也

為川路事赴交通部

無論如何困難不可求人哀憐蓋哀憐中已含輕蔑之意　柏拉圖

一月十四日（丙辰年十二月二十一日丙辰）　星期日（即星期日）　國民日記

提要（交際）

（通信）

氣候　晴

溫度　前八時　三三〇

四川公會召集大事會議川路股款清算事宜赴會者寥寥數十人耳

世間安得有公道且誰為急公破除情面者

張百麟夜來送一稿蓋吾欲提議英士國葬而倩百麟屬文之成

於是電話詢葉夏聲衆議院對於此案形勢夏聲曰雖參

議院亦恐非與吳祿禎宋教仁合併提案不能通過須商而后行

嗟夫三代而后直道不存感情常勝而真理常汩如克强英士兩

人死后之表彰尤令人歎息也

致總統國務院公函言川路事衆屬我起艸夜已半矣未脫稿也但

川路前后情形因是得其大概

知行二字偏重不得容行與冥行北失均也 張楊園

提要（交際）

通信

氣候：晴

溫度：朝八時三四〇

查陽歷余母難當在每年一月十八日而今年陰曆則係今日也晨起將公函脫藁后遂赴靜安之名其子元白新病未痊竟入厨治食不肖生四十二年德退學亦退反層交遊加以寵燕惶愧無地矣午后赴彭湘萍家蓋勁山伯琅与湘萍為主人飲我以酒

自丁未至今每逢生日皆未能拜吾父吾母不識老親若何思念小子也

晚見杏草師言及我之不見某君師慨然曰吾非惰能辦重要事不能為重要人又言与梁任公之主張相反師蓋謂對於現在政府於用人宜為消極之補救祇与言某不可用而不可推薦一人於行政則宜為積極之敷陳不可但言某事不當而不可不言辦法任公則反是也又言吾人不宜利用政府之弱點以自謀大則誤國而一身行動亦覺貢賤也任公恐亦不免非是

一月十五日（丙辰年十二月二十二日丁巳） 月曜日（即星期一） 國民日記

一月十六日（丙辰年十二月二十三日戊午）火曜日（即星期二）

（提要交際）

整理庶事未竟而亭午矣赴議院
赴馮翼之晚餐通一亞休子寔亦名晚餐馬齒加長而友朋敬厚有加其自
勉為善乎

（通信）

（氣候溫度）

朝八時二二〇

惟精勤而後有熱有望熱而後所得者多　乞克斯列

提要
（交際）

（通信）

（氣候）（溫度）

一月十七日（丙辰年十二月二十四日己未）水曜日（即星期三）國民日記

一月十八日（丙辰年十二月二十五日庚申） 木曜日（即星期四）

提要

（交際）

（通信）

（氣候） 晴

（溫度）

李獻文以陳建傑劣蹟見寄

送鄭蘭陵還鄂

擬赴清華學校觀競足毬未果

楊培敞台飲，將因以與李木齋言路事也，余不及待，遂赴涂子厚處飯，後出與言路事也

一月十九日（丙辰年十二月二十六日辛酉）金曜日（即星期五）國民日記

怠惰忿肆身之災也　明仁孝文皇后

提要（交際）

赴北京飯店晤仲愷及菊池良一

憲法今日審查會報告特開二讀會也

近晚屬公函草而腦如去年有病之狀

（通信）

（氣候）晴

（溫度）朝八時三十六〇

一月二十日（丙辰年十二月二十七日壬戌下午十時二十四分大寒）土曜日（即星期六）

凡正大人物常去私情私慾以身殉諸世報酬則待千秋之後 ··· 羅蘭夫人

（交際）提要

赴四川會館慶龔伯諾吉無次序之區而訴悔既鄙其人則何必責其居今日斷不宜与小人結怨推以十六字書於座右　養氣知言抱璞守默師質辨偽敬事和人

午后出娛樂以自遣

（通信）

（氣候）外

（溫度）朝八時　三〇〇

能治生則能無求於人無求於人則廉恥可立禮義可行　張楊園

一月二十一日（丙辰年十二月二十八日癸亥）　國曆日　（即星期日）　國民日記

提要（交際）

（通信）

符叔庭電

（氣候）　晴

（溫度）　朝二六〇

楊伯琴赴鄂送之行張鶴雛還蜀遂并送之

池田良一偕吾人客日本頗關休戚而所持政見又實在中日兩國提携故与

林子超葉競生為主人宴之中央公園行健社

一月二十二日（丙辰年十二月二十九日甲子）　月曜日（即星期一）　國民日記

士當先天下之憂而憂後天下之樂而樂　范希文

提要（交際）

訪謁香草師略告改局之不足有為

作書分寄石師次佛酒卷

酒卷聰慧而性介境復困之不能為之得一教習以生活目前殊悵

悵也

勃山以我獨居鮮偶約過其家年飯蓋舊歷除夕也

（通信）

（候氣）晴

（度溫）朝八時卅六、〇

調和怒氣要諧價喜中言料酌醉後酒愛惜行時錢　王合縱

一月二十三日（丁巳年正月初一日乙丑）（春節）　火曜日　（即星期二）　國民日記

提要（交際）

舊歷元旦身居萬里之外而想家庭且追思民國元年以前不肖居家之日吾父吾母皆無恙也今則何如不知吾　本生母暨家人今日感念為何若也

遊廠甸赴瑞蚨祥西棧王采光處飲酒

（通信）

（氣候）晴

（溫度）朝八時三二〇

一月二十四日（丁巳年正月初二日丙寅）　水曜日（即星期三）　國民日記

一著失機著著皆失　旅　德

提要（交際）

訪徐愈齋

（通信）

復四弟并示四兄

（氣候）（溫度）

朝八时三二〇

自是者其行專自矜者其行危自欺者其行驕以汚　明仁孝文皇后

提要（交際）	（通信）	（氣候）晴	（溫度）朝八時三二○

舊曆新年中行機關概放假休息議院亦休息三日今日始開常會

季陶來

去年自六月還國至年終無時不窘而債亦加無可減損頗自感也

於是總計出入飲友之用者竟達兩千八百餘金己所耗者亦達

千七百餘金凡兩宗出欵均超豫算之外而收入殺何不自量力宜其

窘矣

與師計議叔實將來自活之道擬勸其（總令）由國事先圖自存蓋為

國奔走本屬天職然一察黨人大多數之心志能力與夫一身所

嘗甘苦而推溯功後之結果國家前途不勝憂懼竊則專心求實

業之發展以增長國力故欲叔實亦謝去一切也

一月二十五日（丁巳年正月初三日丁卯）　木曜日（即星期四）　國民日記

一月二十六日（丁巳年正月初四日戊辰）金曜日（卽星期五）

有過能悔者不失爲君子知過遂非者小人耳　李邦獻

提要（交際）

（通信）

（氣候）晴

（溫度）朝八時三三〇

整理居室檢查議案爲其今日功夫

憲法會議通過憲法國體國土二章

家庭之間一言一動當思為父子兄弟法　張楊園

一月二十七日（丁巳年正月初五日己巳）土曜日（即星期六）　國民日記

提要（交際）	
通信	成叔癡聖祥　示田兒
氣候	晴
溫度	朔八時三六°

遼源交涉已結束矣政府委員來議院報告始末數年來吾國与日本交涉惟此次差強人意固伍秩庸折衝有方而日本政府亦極力表示親善態度故也然以直為曲吾為弱國所損國家體面已不小矣

陳雲輝夜來刺刺不休吾与言伐林而彼必以鑛進且若急切不可待者頗足怪也

君子有三惜 此生不學可惜 此日閒過可惜 此身一敗可惜 夏正夫

一月二十八日（丁巳年正月初六日庚午）日曜日（即星期日） 國民日記

（交際）提要
清理信札分類存之
倩愚二丈來謂南苑有蜀人曾某擬售其所墾地如有資斯可耕也
勉山之從父弟娶婦往賀之歸而寫字
寄四弟書囑督屬家人使咨習職業男女皆能自謀生活乃足長久不虞中落也又囑購江邊山地種樹造林其他如同昌榮商店諸事分條論及並家人不憂凍餒而後無晚節之虞

（通信）覆四弟

（氣候）晴

（溫度）朝八時三四、〇

君子以合道爲朋小人以合己爲朋 呂新吾

一月二十九日（丁巳年正月初七日辛未）月曜日（即星期一）

國民日記

（交際）提要

復楊伯琴書託代訂江西磁器備分贈師友
夜過濟舟商納妾事名分不能假之則恐傷吾妻若子女之心而致
家庭不怡之氣蓋濟舟之妾有中表妹因爲余言遂不能不
先中明斯事往之以含糊作去者皆是也

（通信）

（氣候）（溫度）

朝八時 三六°

一月三十日（丁巳年正月初八日壬申）　火曜日（即星期二）　國民日記

健全之精神必寓於健全之肉體　陸克

提要（交際）

謁香草師，師以曲能有誠之義詔我，寫為條幅，將常懸於心目間也

夜讀書所入心室矣乎

（通信）

（氣候）霏微雪　晴

（溫度）朝八時　三六

父兄不可常恃人當自求之身　黄道周

提要（交際）

通信
雪麈來牋
示田兒

氣候
朝雪　晴

温度
朝八時　三七〇

田兒禀朝至詳述吾妻鬱鬱情狀而吾於是始知之不能方以為尋常也又附易孫禀技甚快當相以所以慰吾妻者也遂覆之

徐愈齋來　李春濤來別將赴南京

倩丈來述吾兒婦之姆質頗而體健也

憲法會議市半遂請假赴交通部偕往者十一人川路公司清算事益有轉機也

就伯琅如夫人訪濟周所語之事

雪麈如有深憂書來辭頗促戚也

一月三十一日（丁巳年正月初九日癸酉）　水曜日（卽星期三）　國民日記

處處要樹立一界限事事要斟酌一方寸 陸稼書

二月一日（丁巳年正月初十日甲戌） 木曜日（即星期四）

提要（交際）	（通信）	（氣候）	（溫度）
		晴	朝八時三十六°

託樹華料探某之蹤跡不得而峰三寄樹華書規我頗切然情之所至
竟身勉乎康為最後之訪尋花是斬(就)叔劇去
待劉泌子昨以電告今日將以午後五時自張家口來商要事也四時
乃至語已而飯方舉箸叔實亦到矣
叔實語我大女既許字其姪四勿擬以今年春結婚吾頗躊躇
不能令吾女蕤方謀接吾女來京讀書固父字相聚也
叔實又述雪壓三年來狀況吾腦為之震作痛嗟夫竟至此
耶吾癡吾聾聵吾心悲而意念灰矣且叔實述叔癡之言囑
吾勿以雪壓為念嗟夫竟至此耶

二月二日（丁巳年正月十一日乙亥）金曜日（即星期五）國民日記

君子不以其所能者病人不以人之所不能者愧人　禮記

提要（交際）

偕叔實進謁香草師

（通信）

（氣候）晴

（溫度）朝八時三十六度

二月三日（丁巳年正月十二日丙子） 土曜日（即星期六） 國民日記

禍分福所倚福分禍所伏 老聃

提要（交際）

秋實赴張家口 式尼電約商議鐵路清算事渠蓋有所規避也

議員俱樂部解體

得仲執電將以舊曆廿二日就道北來

電四弟以庶女當於仲春結婚使備嫁奩

（通信）

（氣候）（溫度）

一犧牲之利益即個人最大之利益　優士迦

二月四日（丁巳年正月十三日丁丑下午四時四十四分立春）日曜日（即星期日）　國民日記

提要（交際）

香草師今日南還午前往謁以仲執行期告之午後送於東站滋託為慶女

寓庚師許之

叔實自張家口還電約之赴伯琅家共話

酒卷戕來有怨我之意

（通信）

（天氣）晴

（溫度）朝八時三六.〇

二月五日（丁巳年正月十四日戊寅）月曜日（卽星期一）國民日記

提要（交際）

通信

氣候　晴

溫度　朝八時　三十○

肇南偕其戚黃昭甫來京仍寓居吾宅

偕叔寶觀古物陳列所舊歷新年凡太和中和保和三殿特許縱覽保和以通大內未啓門太和中和兩殿中置寶座殿之四隅設蒸氣管以箱覆之餘則一物未雜置亦嚴肅也中和寶座度木為臺別地平而已太和之寶座則位高臺臺四方置梯升降殿中值臺四隅有四柱飾以純金聞皆袁世凱洪憲僭位時所增飾也中和門今日承運門太和殿今日承運殿中和殿今曰體元殿保和殿今曰　殿袁賊所寬易也文華殿列古字畫浴德堂陳設精雅堂後有塼甃土耳其式浴堂相傳乾隆時前清高宗征回部掠香妃以還此為香妃浴室也

不能服從規則不能自由　加來附

二月六日（丁巳年正月十五日己卯）火曜日（即星期二）　國民日記

提要（交際）

（通信）

（氣候）晴　有風

（溫度）朝八時三四°

大女慶箴將于歸曹氏為書訓之而念十年来在家日少今年方擬迎眷來京一家相聚課吾女以學乃又適人吾心實有所難舍不禁泣然吾女孝嘗憂其母之病而念我之勞雖曰百年好合人之大倫一旦離吾夫婦而去吾女亦必有不勝愴楚者　又詳戒四弟并示田兒遣嫁賸物務求儉樸所以體先人遺德而祛世之譏議也

夜遊中央公園觀花炮舊歷元宵也明月一輪天空雲淨明月一輪翹然獨出于塵埃之外故鄉未易得此景也

二月七日（丁巳年正月十六日庚辰）　水曜日（即星期三）　國民日記

非有壁立萬仞根基何處下間活手段　彭甘亭：

提要　（交際）　（通信）

（氣候）晴　朝風　明月

（溫度）朝八時三六°

叔實南行送之東車站

慶名庚帖至今未寫前日香草師臨行允我之請為慶女寫庚今日託

叔實寄庚帖外附一函感吾師骨月視我也四幼長非吾女四歲

將來夫婦間當和諧不致重吾憂耳

赴戴季陶之召

遭必不能免之禍當泰然自若不可擾亂其心　佛闌克介

二月八日（丁巳年正月十七日辛巳）　木曜日（即星期四）　國民日記

（交際）提要

田兒去年除夕之禀由郵人交到禀中二事足見其心志荒忽也一誤吾之生日為十二月廿三日一脩墓誤為祖母本生祖母荒謬絶倫至不可說吾心憂之

（通信）

（氣候）晴

（溫度）朝八時三三强。

二月九日（丁巳年正月十八日壬午）　金曜日（即星期五）　國民日記

（提要）（交際）

（通信）

（氣候）晴

（溫度）卅三四〇

大禹惜寸陰衆人當惜分陰　陶侃

治蔬酒集勒山伯琅望溪陪少内昭甫小飲

議員之年老者滿清得科甲出身者皆以孔教為號召而不達當時之務

攷其立論之依據大率不外摭拾字句牽強附會如李文治引史記

學者宗之一語作證孔子為宗教家殊可笑也然制憲法大事也

竟以孔教國教爭執之故閱會議四次而無結果於是知固執拘墟所以

誤國者不淺也

將覆酒巻書頗難立言乃偶草所謂苦惱無不自己求之者也

失意事來治之以忍快心事來處之以淡 陳扆赤

二月十日（丁巳年正月十九日癸未） 土曜日（即星期六） 國民日記

提要（深究）

兩院皆開重要會議國務員全體及政府委員二人出席報告中德邦交
蓋德意志於二月一日通牒各中立國將行無限制之潛艇攻擊美國抗議
斷絶美德國交而於四日通牒我國促與各中國同抗議於德國與美國執
同一之行動內閣從之昨日午後六時業發公文書於德請其取消潛艇
政策如不能達我國之希望則將斷絶邦交云云今日故報告國會也是舉
也國之存亡繫焉吾之憂有三東鄰外交有無非常變動萬一至於加入
戰團吾國應出之力從何措辦著手國民經濟所受響影必大戰
事協商方面不能必勝議和時吾國當得如何之結果蓋吾國情形地位
皆与美國不同結局亦必与人異也
公宴川漢鐵路清算員於中華飯店踏雪而歸

（通信）

致雪壁酒巻
致石師均布

（氣候） 陰 晚雪

（溫度） 朝八時 三六〇

二月十一日（丁巳年正月二十日甲申）（即星期日） 國民日記

（提要）（交際）

希煌來邀偕出，晚伯申入浴，就旅館長譚

漢民及陳競存、柏烈武、王亮疇、徐蘇儀名宴商國民黨事也

（通信）

（氣候）風雨霽

（溫度）朝八時三三〇

禮義廉恥國之四維　王集敬妻劉氏

提要（交際）

通信

氣候　晴

溫度　朝八時三〇°

赴衆議院集商外交後援會事集者不過三十餘人其無秩序多議論而紊亂醜態

非呈吾去後閣以推起草員之故戮玉揮秦蕊李述膺臨時主席指定起草

員五人未及憲法討論會中之代表於是朱兆莘孫潤宇克希克圖相繼爭

論三人者憲法討論會員也議論未已敵兵渡河此吾國歷史上不可滌之痛

事今日竟自蹈之吁

訪盧伯眠不遇訪鄒永成

二月十二日（丁巳年正月二十一日乙酉）月曜日（即星期一）　國民日記

二月十三日（丁巳年正月二十二日丙戌）火曜日（即星期二）國民日記

提要（交際）	通信	氣候	溫度
		晴	朝八時三十二　后六時四十二

赴衆議院商外交後援會事所罷如昨辛未正午而散耳

彭伍勛為其母祝壽又次子結婚往賀之

席卅書來

作之所爲後必思之有善則樂行過則懼　李邦獻

二月十四日（丁巳年正月二十三日丁亥）　水曜日　（即星期三）　國民日記

提要（交際）	通信	氣候	溫度
少南昭甫南歸送之行臨別略商購地兹經營其他實業	滄伯伯康未發	晴	朝八時三四〇

去年自上海來北京培之貸路費二百金非我〻与　飯師約九月必還及到
京索款呼急者遍衆支出數百目浮於預算千三百餘元而其伙友者實
達二千八百元以上吾之用度出超出預算約七百元於是時〻苦窘遂不
能踐培之九月之約甚愧決今年一月償之而又未能今日始得備帑
交天順祥雖久爽約然今日如釋重負也此不量力之過也假帑煌干
元約自去年十月始分期償之亦至今未踐行也不量力之過也
朝至窮出門不能備散十文之車費先已假人不可不預
滄伯未發及叔實跑蔡非雅公宗叔實所見固未澈底而滄伯當時亦不免有矜氣也今
日彼此解釋則同思往事皆足啞然

臨事讓人一步自有餘地臨財放寬一分自有餘味　高景逸

二月十五日（丁巳年正月二十四日戊子）　木曜日（卽星期四）　國民日記

（交際）提要

紅院

（通信）

（氣候）

晴

（溫度）

朝八時三五°

忠信篤敬是一生做人根本　張楊閣

二月十六日（丁巳年正月二十五日己丑）　金曜日（即星期五）　國民日記

提要（交際）

通信

氣候：晴　晚十二時大風瓦屋振

溫度：朝八時四四、〇

整理議案　憲法會議對於草案第廿一條國會以參議院眾議院構成之竟被否決不足法定表決人數三十餘人蓋主張修正參議員院組織法者故倡一院制使原案不能成立以要挾也人之切齒於僉謀者以此其組織法之修正殊非共和國所宜有而必欲貫徹之尤可恨也

二月十七日（丁巳年正月二十六日庚寅）　土曜日（即星期六）　國民日記

提要（交際）

（通信）

（氣候）大大風

（溫度）前八時四一〇 后六時四六〇

昨日呼吸已滞 昨夜卧被過暖 汗大起 去覆被 旋又去卧衣 於是汗閉而呼吸益滞 午前且流鼻血 失涕終日不止 殊苦之 約陳漢傳圍棊 不敢出门 与風門也

爲人謀事必如爲己謀事而後慮之也深　史搢臣

二月十八日（丁巳年正月二十七日辛卯）　日曜日（即星期日）　國民日記

提要（交際）	通信	氣候	溫度
病如故。勃山來視病，勸進藥，寫一方如下：薄荷　前胡　芥穗　連翹　杏泥各分半　川貝二分　白芷一分　枳殼六分　通草一分　葱白連鬚引　服一劑 外交商榷會開徵文會，扶病赴之	朱伯為來啟	晴	朝八時　三六°

勤與儉治生之道也　朱柏廬

二月十九日（丁巳年正月二十八日壬辰下午零時五十一分雨水）月曜日（即星期一）

國民日記

提要（交際）

晨起見晨寒　寫字　請病假午後衝風赴浴室以溫浴發汗可以去畏寒也果然　飲杏仁露　晚飲酒少許夜半齒微痛

無聊中瀏覽王摩詰詩無所得也

（通信）

（氣候）晴風

（溫度）朝三六°

酒係者衰弱國民之大原因也　巴克東

二月二十日（丁巳年正月二十九日癸巳）火曜日（即星期二）國民日記

提要（交際）

漢衛及羅馬（排字安徽人名景祁）來訪

仍請假未赴院常會

（通信）

（氣候）晴

（溫度）朝三八〇

二月二十一日（丁巳年正月三十日甲午）水曜日（即星期三）

一息不戒災害攸來　明仁孝文皇后

交際提要	通信	氣候	溫度
		晴	朝八時 三八度

病初愈赴院　兩院判決定而組織法関於參議院者又梗故州縣官法二十二條又否決原案

道吾過者是吾師　諛吾好者是吾賊　白秋齋

二月二十二日（丁巳年二月初一日乙未）　木曜日（即星期四）　國民日記

（提要）（交際）

漢仲召飲

本院議森林法付審查　質問收買存土案大衆頗憤以鴉片治罪法祗能治人民之犯罪者而在官居大位者匪但逃之法外反以法治人也

（通信）

叔實燮农来函

（氣候）

晴

（溫度）

朝八時三九°

二月二十三日（丁巳年二月初二日丙申）　金曜日（即星期五）　國民日記

提要（交際）

（通信）

（氣候）晴　（溫度）朝八時四三〇

赴市製衣
參議院選舉原憲法草案二十二條今日審議之決仍用原案恐於大會仍
不易通過也
日來謠甚帝制諸孽既不得志於袁世凱則附和復辟黨而促成之康有
為主張復辟最悍國之將亡必有妖孽若而人者其妖孽與
華僑代表彭澤民張志昇兩君召飲於華僑聯合會赴之

待小人宜寬防小人宜嚴　史搢臣

二月二十四日（丁巳年二月初三日丁酉）（祀孔）　土曜日（即星期六）　國民日記

（交際）提要

讀伯夷列傳　入浴游琉璃廠得硯一方影印漢碑三小冊

（通信）

（氣候）晴

（溫度）朝八時四二〇　后二時五八〇

二月二十五日（丁巳年二月初四日戊戌）（即星期日）　國民日記

提要（交際）

（通信）

（氣候）晴　夜寒

（溫度）朝八時　四三。

赴國民新報館議川滇聯合會發起事李伯申呂天民張直清趙綜及我為五人比定議先覆雲南一電我所草也

香州師來夜往見病矣　中德國交、當德潛艇通牒初至、美國力説吾國當局、与其國取一致行動、而徐世昌陸徵祥曹汝霖輩、欲藉美國之力以制日本、主張對德抗議、事已大決、而梁啟超入都、力陳不疏通日本之非計、且自任設法疏通、於是日本政府表示贊成、然遂力勸吾國加入協商國戰團、加入巴黎經濟同盟、中明裁厘加税事、且望吾國先從東三省山東入手辦理、但日本須得鐵棉花、牛羊毛、三種原料輸出不加限制之利益、現在德國回文出以平和、吾國乃陷於最難之境、斷絕國交則所傷於德之一面少、而美國已不至戰、不絕國交則日本必藉口釀成意外之變、謀之不臧、邦國殄瘁、悲夫

待人要豐　自奉要約　呂近溪

（交際）提要

晚赴卟所

卟朋不至令我嗟然

（通信）

（氣候）陰

（溫度）朝八時四〇.〇

二月二十六日（丁巳年二月初五日己亥）　月曜日（即星期一）　國民日記

見地要高明踐履要篤實所謂知崇禮卑也　張楊園

二月二十七日（丁巳年二月初六日庚子）　火曜日（即星期二）　國民日記

（提要　交際）

重民來辭行

小木適請假。檢家內自述，畫寢約一時。

晚侍香卅師飯。所談者外交之險象也。一言蔽之曰：吾國苦弱而已。

（通信）

（氣候）晴風

（溫度）朝八時三二〇

飽食足衣亂說閒要終日抒抒不如牛馬　呂近溪

二月二十八日（丁巳年二月初七日辛丑）　水曜日（即星期三）　國民日記

提要（交際）

子騫未將與重民備南還錢之重民有組織陝甘雲貴川五省聯合會之議伯中以為難午後與其相言之又以為易既商於香草師則謂有名而不能舉其實也

既赴香草師處外交仍焦頭爛額也今日吾與君武研究君遂逕直而遺不加入之害未加深究遂與爭議仍不得結果非是君武之通電發矣

偕劉鴻文赴鹽務署稽署長沮於商議岸辦法而部亦不以晏安瀾運使之所請為然

（通信）

（氣候）晴　夜大風

（溫度）朝八時　三二〇